헬조선 원정대

의열단 여전사 기생 현계옥의 내력

헬조선 원정대, 의열단 여전사 기생 현계옥의 내력

서해문집 청소년문학 014

초판 1쇄 인쇄 2021년 6월 20일
초판 1쇄 발행 2021년 6월 25일

지은이   김소연
펴낸이   이영선
책임편집   김종훈

편집   이일규 김선정 김문정 김종훈 이민재 김영아 김연수 이현정 차소영
디자인   김회량 이보아
독자본부   김일신 김진규 정혜영 박정래 손미경 김동욱

펴낸곳 서해문집 | 출판등록 1989년 3월 16일(제406-2005-000047호)
주소 경기도 파주시 광인사길 217(파주출판도시)
전화 (031)955-7470 | 팩스 (031)955-7469
홈페이지 www.booksea.co.kr | 이메일 shmj21@hanmail.net

ⓒ김소연, 2021
ISBN 979-11-90893-74-9 43810

서해문집
청소년문학
014

헬조선 원정대

의열단 여전사 기생 현계옥의 내력

김소연 장편소설

서해문집

차례

노을의 꿈

호라이즌호가 심하게 떨렸다. 마치 진동 벨 위에 얹은 볼펜 같았다. 이 배는 프록시마b에서 총력을 기울여 쏘아 올린 탐사선이었다. 프록시마 행성 다음으로 인류가 정착할 별을 찾는 중이었다. 막중한 임무를 수행하는 우주선이 지금 웜홀의 거대한 중력에 걸려들어 나아가지도 물러서지도 못하고 있었다. 우주선은 은하와 은하 사이, 검은 우주 한가운데에서 고군분투를 벌였다.

자율운항시스템 계기판에 빨간 경고등이 켜졌다.

"탐사선 선체가 웜홀 중앙으로 향하고 있습니다. 방향 레이더가 오류를 일으켜 현재 위치 파악이 어렵습니다. 다시 한 번 말씀드립니다. 탐사선이 웜홀 중앙으로 빨려 들어가고 있습니다."

고아라 선임항해사가 항로 모니터를 뚫어져라 쳐다보았다. 그녀의 두 손은 쉴 새 없이 계기판을 두드렸다. 호라이즌호를 본궤도로 돌려놓기 위해서였다.

"선장님! 경로 설정 센서가 오작동입니다!"

고아라가 남편을 돌아다보았다. 호라이즌호의 선장이자 마린과 노을의 아버지인 정대양 선장은 대꾸가 없었다. 고아라는 철문처럼 굳게 닫힌 남편의 입매를 확인하고 다시 머리를 돌렸다. 방금 선장 지시는 다시 한 번 시도해 보라는 무언의 명령이 틀림없었다. 이 텔레파시는 정대양과 고아라가 부부라서 통하는 것이 아니었다. 두 사람이 결혼하기 훨씬 이전부터 동료로 호흡을 맞춰 온 덕분이었다.

고아라는 흘러내리는 머리카락을 손가락으로 쓱 감아올렸다. 그녀가 마음을 다부지게 먹을 때 나오는 버릇이었다. 선임항해사는 그 직책에 맞는 침착함과 의지를 발휘해야 했다. 어떤 상황에 닥쳐서라도 침착함을 유지하고 냉철한 판단을 내려야 했다. 고 항해사는 호라이즌호가 웜홀로 빨려 들어가지 않도록 항로를 다시 계산해 입력했다. 하지만 무엇 때문인지 항해 노선 좌표 입력은 번번이 잘못됐다. 날카로운 입력 오류 알림음만 삑삑거릴 뿐 우주선은 변함없이 검고 반짝이는 거대한 구멍으로 다가가고 있었다. 속수무책이었다. 조종실 여기저기 자신의 자리를 지키며 안간힘을 쓰던 선원들이 하나씩 고개를 돌렸다. 하나같이 불안에 가득 찬 표정이었다.

"선장님! 프록시마 본부와 교신이 끊겼습니다."

"선장님! 연료 잔류 량이 곧 십오 퍼센트 이하로 떨어지겠습니다."

"선장님! 엔진이 멈추었습니다."

"선장님! 방금 호라이즌호의 외부방어막 작동이 자동정지 상태로 전환했습니다. 아무래도 웜홀에서 내뿜는 자기장 영향 같습니다."

"선장님! 호라이즌호가 시공간 왜곡에 빠질 것 같습니다."

정대양 선장은 쉴 새 없이 쏟아지는 보고에 미동도 없었다. 대신 침착한 목소리로 이렇게 지시했다.

"모든 선원은 즉시 D구역에 대기 중인 비상 탈출선으로 이동하기 바란다. 탈출선에 탑승한 후 자동 수면 모드로 바꾸고 프록시마 b로 일시 귀환하도록!"

선장의 말에 조종실이 술렁였다.

"선장님! 이대로 작은 캡슐로켓을 타고 우주 공간으로 나가면 호라이즌호보다 먼저 웜홀로 빠져 들어갈지도 모릅니다."

"맞아요! 이 거대한 우주선도 손 하나 까딱 못하고 빨려 들어가는 중인데…."

조타수와 통신담당이 서로 마주 보며 고개를 끄덕였다.

정 선장이 대답했다.

"그 점은 걱정하지 마라. 여러분이 탄 탈출선이 무사히 웜홀 영향권에서 빠져나갈 수 있도록 호라이즌호가 중간에서 막아 줄 것이다. 그러기 위해 내가 남겠다.”

선장의 의중을 읽은 선원들 얼굴이 굳었다.

“안 돼요! 선장님!”

“다 같이 가야 합니다!”

정 선장이 손을 들어 막았다.

“명령이다. 호라이즌호 탑승 선원은 한 사람도 빠짐없이 D구역으로 이동하도록!”

선장의 명령에 선원들은 잠깐 망설이는 듯했으나 곧 일사불란하게 조종실을 빠져나갔다. 정대양 선장 주변이 썰물이 지나간 갯가처럼 썰렁해졌다. 선장은 자리에 앉아 손으로 얼굴을 쓸어내렸다.

“자, 그럼 일단 탈출선 항로부터 입력해 줘야지…, 어?”

조종석 계기판을 조작하던 정대양 선장 손길이 멈추었다. 모니터 위로 그림자 하나가 드리웠다.

“탈출선 항로는 항해사인 제가 잡겠습니다.”

선장과 항해사의 눈이 마주쳤다.

“여기서 뭐 하는 거야!”

“선장님이 호라이즌호와 운명을 같이하는데 선임항해사가 도망칠 수는 없죠.”

“무슨 소리야! 프록시마에 남겨 둔 애들은 어쩌라고 당신까지 죽겠다는 건가!”

선장이 버럭 대자 항해사의 눈매도 날카로워졌다.

"죽긴 왜 죽어! 웜홀에 휘말려 들어간다고 다 죽는대? 누가 그래?"

방금 전까지 깍듯이 부하의 예를 지키던 고아라였다. 그러나 오누이 얘기가 나오자 금세 아내와 엄마의 얼굴로 바뀌었다. 고아라는 턱을 치켜들며 콧방귀를 뀌었다.

"웜홀은 들어갔다 나오면 그뿐이야. 지금은 중력과 자기장 때문에 호라이즌호가 제 기능을 못 하지만 막상 웜홀 중앙에 있는 무중력 공간에 진입하면 오히려 타임 슬립 기회가 생길 수도 있어."

그녀는 번뜩이는 눈빛을 뿜어냈다.

"마린 아빠, 우린 무조건 살아야 해. 호라이즌호도 무사히 제삼 지구 탐사를 마치고 귀환해야 하고. 이까짓 웜홀 따위는 통과하면 그뿐이라고."

정대양은 아내를 물끄러미 바라봤다. 위기가 커지면 커질수록 기세가 등등해지는 이런 성격이 매력인 그녀다. 젊은 시절, 정대양은 그 모습에 반해서 청혼했지만 지금은 그저 애처롭게 보일 뿐이었다. 프록시마에 두고 온 아이들에 대한 사랑이 저런 무모함을 낳은 것이겠거니 생각하자 눈시울이 뜨거워졌다.

"자칫하다 우리 둘 다…, 그땐 애들이 고아가 되는 거라고."

정 선장이 마른 입술로 중얼거리자 고 항해사가 선장 조종석을 탕 내리쳤다.

"절대로 그런 일은 일어나지 않아! 내가 그렇게 내버려 두지 않을 거야!"

고아라는 혼자 탈출선을 타고 프록시마로 돌아가 아이들에게 선장인 아버지와 호라이즌호를 몽땅 웜홀에 집어넣고 왔다는 소리나 늘어놓을 사람이 아니었다.

"당신은 얼른 조종석에 앉아요. 나는 탈출선이 무사히 웜홀 밖으로 빠져나갈 수 있게 최대한 유도할 테니까."

"어, 그래. 우선 선원들부터 살려 놔야지."

곧이어 조종실 창밖으로 광경 하나가 펼쳐졌다. 호라이즌호 옆구리 쪽이 번쩍하더니 누에고치처럼 둥글고 흰 로켓 하나가 빠른 속도로 멀어졌다.

고아라는 막상 그 광경을 보니 가슴이 조였다. 큰소리치며 남편 옆에 남긴 했지만 웜홀에서 빠져나오지 못하면 마린과 노을을 돌봐 줄 사람은 이 우주에 아무도 없다. 언뜻 오랜 친분을 자랑하는 마리우스 박사가 스쳤지만, 그뿐이었다.

"살아 나가야 해. 어떡하든 웜홀을 무사히 빠져나가야 해."

호라이즌호는 항해사의 간절한 바람을 아는지 모르는지 웜홀 한가운데 반짝이는 공간으로 유유히 빨려들어 갔다. 웜홀은 솜사탕을 넓게 퍼트린 것처럼 둥글고 희게 무리 지어 있었다. 그 중앙에 뻥 뚫린 검은 구멍 속에서 정체를 알 수 없는 빛이 반짝였다. 마치 검은색 뚝배기 안에 별을 한 국자 떠 넣은 것 같았다.

고아라는 웜홀의 상태를 파악하느라 안간힘을 썼다. 지금 호라이즌호를 강하게 끌어당기고 있는 저 무시무시한 중력 덩어리의 형태와 구성을 알아내야 했다. 정 선장은 여기저기 막혀 버린 조종 컴퓨터를 되살리기 위해 분주히 손을 움직였다. 우주선을 최대한 정상치로 돌려놓아야 아내가 짜고 있는 항로를 실행할 수 있었다. 정 선장은 매 순간 아내를 탈출선에 태우지 못한 것에 후회가 밀려왔다. 하지만 후회란 언제나 때늦은 감정이다. 지금은 아내 말대로 살아 돌아가 두 아이를 다시 봐야 한다. 쓸데없는 감정에 휩싸여 할 일을 놓치는 실수 따위는 용납할 수 없었다. 복잡했던 머릿속이 한 가지 생각으로 정리되자 갈등은 연기처럼 사라져 버렸다.

"선장님! 레이더 좀 보세요. 이상합니다."

고아라가 다시금 선임항해사로 돌아와 보고를 했다.

"호라이즌호가 이미 웜홀 중앙에 다다른 것 같습니다. 그런데 도대체 여기가 어딘지 좌표가 잡히지 않습니다."

고아라는 조종실 벽마다 붙어 있는 모니터들을 훑어보며 말했다. 모니터들은 하나같이 해킹당한 컴퓨터처럼 제멋대로였다. 번쩍거리며 껐다 켜졌다 하는 것도 있었고 수술실 바이털 신호기처럼 각진 사선을 일정하게 그리는 것도 있었다. 아예 하얀 빛으로 가득 찬 화면을 내뿜는 모니터와 지금껏 지나온 항로 기록을 숨가쁘게 펼치는 모니터도 있었다. 정대양과 고아라는 꼭 붙어 서서 두 손을 마주 잡았다.

"이게 어떻게 된 일이지? 웜홀에 들어온 건 알겠는데 여긴 어디야?"

정대양이 겁에 질린 듯 중얼거리자 고아라가 머리를 기울였다.

"본격적인 시공간 왜곡이 일어나나 봐. 이 상태에서 프록시마로 좌표를 잡는 건 역부족인 것 같아."

"그렇다면 우린 대체 어디로 가는 거지?"

"나도 잘 모르겠어."

"제발 프록시마와 너무 떨어진 시공간으로 가지 않았으면."

정대양이 기도하는 것처럼 손을 모으자 고아라가 말했다.

"내가 좌표 설정을 해 놨으니 최대한 가까운 시간과 공간으로 빠져나갈 수 있을 거야."

그때 갑자기 조종실 문이 윙, 하고 열렸다. 놀란 두 사람이 돌아보니 뜻밖에도 노을이 서 있었다.

"엄마! 아빠!"

부부는 난데없이 나타난 아들을 보며 기함을 했다.

"노을아!"

"너 어떻게 여기 있어?"

노을이 다급히 소리쳤다.

"얼른 절 따라오세요! 이제 곧 호라이즌호가 폭발할 거예요!"

"포, 폭발한다고?"

"빨리요! 서두르세요!"

노을이 발을 구르며 조종실 문과 부모를 번갈아 쳐다보았다. 그때였다. 조종실 앞창으로 환하고 하얀빛이 확 번졌다. 빛이 쏟아져 들어오는 조종실은 순식간에 해변처럼 밝아졌다. 동시에 우주선이 휘청하며 한쪽으로 기울더니 심하게 떨렸다. 무언가 알 수 없는 힘이 우주선을 잡아당기는 느낌이었다. 조종실로 쏟아져 들어온 하얀빛이 정 선장과 고 항해사를 덮치듯 감쌌다. 그것은 미지의 힘이 두 사람을 우주선에서 빼내어 어디론가 데려가는 것처럼 보였다.

노을이 소리쳤다.

"안 돼요! 도망쳐요!"

그러나 이미 두 사람은 하얀빛에 둘러싸여 형체조차 보이지 않았다. 빛무리는 덩어리져서 둥근 공처럼 빙빙 돌기 시작했다. 솜사탕 장수가 재바른 솜씨로 솜사탕을 부풀려 말듯 빛이 실타래처럼 휘감겼다. 그 모양은 꼭 수소와 헬륨으로 가득 찬 목성이 자전하는 모습 같았다. 그 사이로 긴박한 비명이 튀어나왔다. 선장의 목소리였다.

"안 되겠다! 노을아! 너라도 빨리 도망쳐! 우린 너무 늦었어!"

"안 돼요! 엄마! 아빠! 가지 마요!"

"…."

"헉!"

노을이 소리를 지르며 눈을 번쩍 떴다.

"현재 시각은 오전 여섯 시 사십칠 분입니다. 오늘은 프록시마력 사월 삼십오 일입니다. 오늘 방사능 농도는⋯."

노을이 내지른 잠꼬대에 반응한 알람시계에서 기계음이 흘러나왔다.

노을은 침대에 누운 채 두리번거렸다. 바로 전까지 있었던 호라이즌호 조종실이 현실인지, 친절한 홈 케어 시스템이 작동하는 이 방이 현실인지 분간이 되지 않았다. 노을이 이마에 손을 가져다 댔다. 진땀이 흥건했다. 방 안에 커다란 한숨 소리가 퍼졌다.

"휴, 이게 도대체 몇 번째야?"

엄마 아빠가 웜홀로 빨려 들어가 실종되는 꿈이었다. 이 꿈을 꾸기 시작한 지가 1년이 넘었다. 노을은 잊을 만하면 찾아오는 꿈 때문에 기가 빨리는 기분이었다.

"호라이즌호가 실종된 지 벌써 이 년이 넘었구나."

노을은 땀으로 번들거리는 이마를 훔쳤다. 왜 이런 꿈을 꾸는 건지, 왜 똑같은 내용의 꿈을 연거푸 꾸는지 알 수 없었다.

"아니야. 분명 이유가 있어."

얼마 전까지 절망만을 이야기하던 노을이었다. 그런 그에게 무슨 계시라도 내린 것일까? 꿈이 찾아왔다. 이상한 일이었다. 노을은 매번 부모를 구하기 직전에 꿈에서 깼다. 노을은 이제 생각이 달라졌다.

"엄마 아빠는 살아 계셔! 나한테 구하러 오라고 신호를 보내는 거라고!"

노을은 깨어나면 똑같은 말을 곱씹곤 했다. 동시에 엄마 아빠가 어딘가 다른 시공간에 분명히 살아 있을 거라는 확신이 견고해졌다. 꿈이 그 증거라면 믿어 줄 사람이 없겠지만 노을에게는 흔들릴 수 없는 진실이었다. 누나에겐 반복되는 꿈에 대해 이야기한 적이 없었다. 말해 봤자 그냥 개꿈이라며 무시당할 게 뻔했다.

노을은 식은땀으로 축축한 이불을 젖히고 일어나 앉았다. 당장 움직일 힘이 나지 않았다. 노을은 고개를 숙인 채 구부정하게 앉아 머리를 북북 긁었다. 그때 딩동 하며 알림음이 울렸다.

"역사복원위원회에서 문자가 도착했습니다."

노을이 번쩍하고 눈을 떴다.

"카이, 읽어 봐!"

노을이 음성 명령을 내리자 탄소유리벽 한가운데 홀로그램 화면이 떴다. 카이의 부드러운 음성이 화면 위에 적힌 문장을 읽어 내렸다.

"응시번호 K3610-21 정노을 응시자는 프록시마b 행정부와 역사복원위원회에서 운영하는 타임 슬립 프로젝트 두 번째 대원으로 선발됐음을 알려드립니다. 합격자는 오늘 오전 아홉 시까지 이십일 단지 소재 헬조선 원정대 본부로 나와 주시기 바랍니다."

"오케이!"

노을이 침대에서 솟구쳤다. 1분 전까지 악몽에 시달려 오만상을 찌푸리던 아이는 어디 가고 없었다. 밝게 빛나는 표정과 그보다 더 초롱초롱 빛나는 두 눈동자가 당장이라도 만세 삼창을 부를 기세였다.

"카이! 아침밥 최대한 빨리 준비해 줘!"

노을은 쿵쾅거리며 에어 샤워부스로 뛰어 들어갔다. 부스 안은 목욕용 산소 방울 터지는 소리와 노을의 들뜬 콧노래가 뒤섞여 소란스러워졌다.

한 시간 후, 부엌 시계가 오전 8시를 가리켰다. 출근 준비를 마친 마린이 부엌을 지나 동생 방으로 향했다.

"아유, 아침마다 전쟁이다, 전쟁. 이 녀석 늦잠 자는 버릇을 어떻게 고쳐 놓지?"

마린이 구시렁거리며 픽셀 문 버튼을 꾹 눌렀다. 우윳빛 문이 스르르 사라지고 엉망진창으로 어질러진 방 안이 드러났다. 마린이 작심한 듯 소리를 질렀다.

"야! 정노을! 어서 안 일어나? 오늘도 학교 지각하면…, 어라?"

마린이 침대 위 이불을 홱 걷어 올리다 멈칫했다.

"얘가 어디 갔지? 벌써 일어났나?"

마린이 침대 맞은편에 있는 에어 샤워부스 쪽을 돌아봤다. 거기엔 아직 홈봇 카이가 청소를 시작하지 않아 너저분하게 쌓인 수건밖에 없었다.

"카이! 카이!"

마린이 숨차게 소리쳤다. 홈봇 카이는 예의 그 침착하고 싹싹한 미소를 장착하고 노을이 방으로 왔다.

"얘 어디 갔어? 설마 벌써 학교 갔어?"

카이는 고개를 살짝 옆으로 기울였다.

"노을 도련님은 현재 이십일 단지행 라인 천백구십 호 다섯 번째 칸에 탑승 중입니다."

마린이 눈을 껌벅거렸다.

"걔가 학교는 어쩌고 뜬금없이 이십일 단지는 왜 가는데?"

"이십일 단지에 위치한 헬조선 원정대 본부가 목적지로 알고 있습니다."

"뭐?"

마린은 카이의 대답에 황당한 표정이 됐다.

"언제 나갔는데?"

"오늘 오전 일곱 시 이 분에 집에서 출발했습니다."

"그런데 왜 나한테 알리지 않았어?"

"노을 도련님의 외출과 귀가 보고를 요청하신 적이 없습니다."

마린이 중얼거렸다.

"그거야 그렇지만…, 근데! 노을이가 원정대 본부에는 왜 가지?"

마린이 잠깐 궁리 끝에 움찔하더니 방에서 튀어 나갔다.

"이 녀석 무슨 일을 꾸미는 거야!"

제복을 딱 떨어지게 갖춰 입은 마린은 날렵한 발걸음으로 라인

정류장으로 향했다. 뒤에서 카이가 부르는 소리가 들렸다.

"마린 아가씨! 아침 식사는 하고 가셔야죠!"

마린은 분주하게 걸으며 뒤를 휙 돌아봤다.

"아가씨라고 부르지 말랬지!"

카이는 어깨를 한번 들썩이더니 천천히 고개를 숙였다.

"그럼 두 분 잘 다녀오십시오."

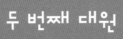

두 번째 대원

마린은 숨이 턱까지 찼다. 라인 정류장에서 원정대 본부까지 달려온 탓이었다. 연구실 문을 벌컥 열자 구부정하게 앉은 마리우스 박사가 움찔했다. 옆에 서서 이야기를 주고받던 레몬티도 마린을 쳐다보았다.

"박사님!"

"마린 대원 여긴 무슨 일인가? 오늘은 역사복원위원회로 출근하는 날일 텐데?"

마린이 말간 표정으로 자신을 바라보는 박사를 향해 물었다.

"노을이 어디 있어요?"

"노을 군은 지금 신입 대원 교육 VR 시청 중일 텐데."

"신입 대원 교육이라고요?"

마린 눈이 커다래지자 박사가 입을 쫑긋거렸다.

"왜? 무슨 문제라도 있나?"

"박사님! 모른 척 마시고 말씀해 주세요. 왜 정노을이 헬조선 원정대 본부로 출근을 하죠?"

박사가 의자에서 일어나 마린에게 다가왔다.

"자자, 흥분 좀 가라앉히고 이리 앉게."

마린은 박사가 내주는 회의 의자에 엉덩이를 걸쳤다. 마리우스 박사가 레몬티에게 손짓했다.

"따뜻한 차 부탁해. 마린 대원, 레몬티 괜찮지?"

마린은 좋다 싫다 대답 없이 숨만 고를 뿐이었다.

레몬티는 두 사람의 안색을 번갈아 살핀 후 조용히 연구실을 나갔다. 마리우스 박사는 묵묵히 마린을 바라보았다. 마린이 평정심을 되찾을 때까지 기다리는 눈치였다. 마린은 회의 탁자만 쏘아볼 뿐이었다. 레몬티가 찻잔을 내려놓고 연구실을 나갔다. 박사의 지시가 없어도 그 정도의 판단은 스스로 내릴 수 있게 코딩된 안드로이드였다.

박사가 빛깔 고운 찻물을 내려다보았다.

"자네가 동생을 걱정하는 마음은 충분히 이해하고도 남네."

마린이 원망 어린 목소리로 따졌다.

"어떻게 저한테 한마디 상의도 없이 노을이를 대원으로 만드실 수 있어요?"

박사가 어깨를 들썩였다.

"무책임한 대답일지 모르겠네만, 난 노을 군이 벌써 자네에게 귀띔한 줄 알았지. 그런데 마린 자네는 어떻게 그렇게 까맣게 모르고 있었나? 선발 일정이 다 해서 한 달이 넘게 걸렸네. 노을 군이 시험 보러 다닌 걸 눈치채지 못했어? 지난주에 마지막 삼 차 시험까지 합격했구먼."

마린 귀에 한집에 사는 누나가 그 정도로 무관심하냐는 책망같이 들렸다. 마린은 찻잔을 입술에 대다 말고 내려놓았다.

"부모 동의서도 없이 무슨 합격이란 말씀이세요. 노을이는 분명 제가 부모님 대신 법정 보호자로 등록돼 있어요. 저야 대원으로 뽑힐 때 법적 보호자가 없는 상태라 생략됐지만 노을이는 제가 보호자 동의서에 서명해 주어야 한다고요."

"어? 지난 금요일에 있었던 삼 차 면접시험 때 보호자 동의서 제출했는데…. 자네 서명이 분명 들어간 서류였네."

"이 녀석이 내 서명을 위조해서? 아! 아니다."

마린의 뇌리에 퍼뜩 지난주 목요일 밤이 스쳤다. 노을이 밤늦게 마린의 방문을 두드렸다.

"누나, 학교에서 급식 메뉴 변경에 대한 보호자 동의서에 서명해 오래."

이불 속에 있던 마린은 방 불도 채 켜지 않은 채 노을이 들이미는 태블릿 화면을 들여다보았다.

"이런 걸 왜 이제 내놔! 아까 저녁 먹을 때…."

노을이 헤헤거리며 마린 팔에 매달렸다.

"중요한 게 아니라 나도 깜빡했어. 무슨 학교가 급식 좀 바뀐다고 일일이 보호자 서명을 받아."

마린은 느물거리는 노을을 흘겨 주고는 태블릿을 들여다보았다. 깨알같이 작은 글자가 흐릿하게 번지는 화면이 마린의 눈을 쏘았다.

"뭐라고 쓰여 있는지 잘 안 보인다. 카이, 방 조명 올려 줘."

마린이 명령을 내리는데 노을이 다급하게 소리쳤다.

"카이! 아니야, 아니야. 조명 올리지 마."

"왜?"

"어허! 헬조선 원정대 일 대 대원님께서 뭐 이런 시시콜콜한 문서를 완독하시려고 합니까? 여기에 대충 서명해 주시고 얼른 침수에 드시어 옥체 보존하소서!"

노을은 누나의 손을 끌어다 태블릿 위에 올려놓았다.

마린이 피식 웃으며 농담을 건넸다.

"너 요즘 중세 문화사에 푹 빠져 있지? 딱 조선 후기 왕실 말투야!"

노을이 껄껄 너털웃음을 웃었다.

"내가 이래 봬도 조선사 전문가 아니야. 이십 세기 헬조선에 대해서는 정보가 없어서 아쉽지만 말이야."

유난히 살갑게 구는 노을이었다. 마린은 기분이 좋아져 노을이 이끄는 대로 지문 인식을 통해 보호자 동의서에 서명을 했다.

쾅 하는 소리와 함께 찻잔이 바르르 떨렸다.

"녀석이 설레발칠 때 눈치챘어야 했는데!"

마리우스 박사는 삐져나오는 웃음을 참느라 흠흠 헛기침을 했다.

"뭐 문서 위조라고 할 것도 없구먼."

마린이 발끈했다.

"그건 그렇다 치고, 박사님은 한 달 동안 왜 제게 한마디 언급도 안 하신 거죠?"

"벌써 잊은 건가. 헬조선 원정대 시험은 철저한 보안 속에 치러지잖아. 자네 역시 최종 선발된 후 노을 군에게 알렸을 텐데."

"하지만 마지막 면접 때는 가족에게 알려도 된다는, 그래서 부모 동의서도 받는 거고."

"그래, 그래서 자네가 동의서에 서명해서 보낸 거 아닌가."

마린은 힘이 쭉 빠졌다. 누구에게 탓으로 돌리기에는 늦었다. 마린은 바짝 마른 목을 레몬티로 축이며 멍하니 있었다. 마리우스 박사는 걱정스러운 낯빛이 됐다.

"자네가 염려하는 게 뭔지 충분히 짐작하네. 타임 슬립의 오류로 인한 시공간 미아 현상에 빠질까 봐 그러는 거지."

마린이 천천히 고개를 끄덕였다. 1차 원정 때 겪은 엉뚱한 시공간 이동은 아무리 돌이켜봐도 간담이 서늘한 경험이었다.

마리우스 박사가 마린 쪽으로 몸을 기울였다.

"마린 대원, 노을 군이 왜 원정대에 지원했는지 알고 있나?"

"그, 그거야…."

마린 눈에 노을은 항상 철부지 어린아이였다. 지난번 1차 원정 때 누나를 구하러 위험한 타임 슬립을 했던 동생이었다. 하지만 마린은 노을이 대견하고 믿음직해 보이지 않았다. 겁 없이 덤비는 치기를 야단쳐야겠다는 마음이 더 컸다. 그러고 보면 노을은 가끔 지나가는 말처럼 '나도 원정대원 할 수 있는데'라든지, '누나보다는 내 적성에 딱 맞는 일인 거 같아' 등등 농담을 했다. 물론 마린은 다 귓등으로 흘려들었다. 그런 동생이 감쪽같이 숨기고 원정대 대원이 됐다니 놀라울 뿐이었다. 어느새 그렇게 의젓하게 자란 건지 가슴이 찡했다.

"아니야, 아니야! 그래도 너무 위험해!"

마린은 고개를 내저으며 흔들리는 마음을 다잡았다.

마리우스 박사가 찻잔을 내려놓으며 말했다.

"노을이가 나를 찾아와 꿈 이야기를 한 게 벌써 반년이 넘었지."

"꿈이요? 무슨 꿈이요?"

마린은 박사가 설명해 주는 노을의 꿈 이야기를 듣고 눈가가 발개졌다. 노을이 1년째 그런 악몽에 시달리고 있었다니, 가슴이 미어졌다. 하지만 꿈은 꿈일 뿐이다. 그런 꿈이 헬조선으로 원정을 떠나는 일과 무슨 상관이란 말인가?

"자네 동생은 부모를 찾고 싶다고 했어."

"그러니까요. 그게 원정대 일과 무슨 관련이 있냐고요?"

"정 대원. 아까 본부 중앙 홀을 지나며 무얼 봤지?"

마린이 뜬금없는 질문에 멍한 표정이 됐다.

"케이스타 말씀이세요?"

"그래, 그 케이스타 말일세. 그 타임머신이 자네 부모님을 되찾아 줄 열쇠가 될지도 모른다고 생각해 본 적 없는가?"

"예?"

마린은 심장이 내려앉았다. 박사가 말을 이었다.

"자네도 알다시피 케이스타가 이 세대로 진화했네. 하지만 발전은 여기서 멈추지 않아. 앞으로 삼 세대, 사 세대…, 그 이상까지 진화시킬 거야. 케이스타가 자네 부모님 있는 곳으로 안전하게 시공간 이동을 할 수 있는 기능을 갖출 때까지 연구와 개발을 멈추지 않을 걸세. 다만 케이스타가 발전하려면 시공간 여행 경험치를 쌓아야 해. 지금은 그 임무를 감당할 대원이 필요하고."

"그런 목적이라면 저 한 사람으로 충분하지 않겠습니까?"

박사가 고개를 저었다.

"자네는 나무랄 데 없이 훌륭한 대원이야. 하지만 한 사람으로는 부족해."

"그렇다고 동생까지 끌어들이라고요?"

마린이 단호하게 대답했다. 박사가 빙그레 웃었다.

"어떤 일이든 가장 간절한 바람을 가진 사람이 가장 적합한 법일세."

꿈이란 얼마나 비과학적이고 비현실적이며 비논리적인 현상이란 말인가. 마린은 노을이 시달렸다는 꿈 이야기를 믿고 싶지 않았다.

"우린 저 밖에서 일하고 있는 안드로이드들이랑은 다른 존재일세."

박사가 마린의 속내를 읽은 것처럼 말했다.

"인간이란 이성이라는 포장지로 싸인 감성 덩어리일 뿐이야. 난 프록시마에서 손꼽히는 과학자일세. 하지만 사람 일에 관해서는 과학이니 이성이니 하는 계산에 기대지 않아. 사람 사이에는 단 하나, 마음만 있을 뿐이네. 마음이 이어져 있다면 우주의 끝과 끝에 있다 한들 사이가 멀다고 할 수 없지. 반대로 마음이 없으면 바로 곁에 있는 사람도 없는 것과 마찬가지네. 호라이즌호에 대해서는 나 역시 노을 군과 마찬가지일세. 아무런 증거도 확보되지 않았지만 난 자네 부모님이 생존해 계신 것과 내가 만든 타임머신으로 구해 낼 것을 믿고 있네. 그러니 부디 자네도 동생의 마음을 헤아려 주길 바라네."

프록시마로 이주해 온 뒤 인류는 종교를 만들지 않았다. 지구 역사에서 종교가 끼친 해악과 분쟁은 이루 헤아릴 수 없을 정도였다. 더 이상 복원할 수 없는 지구를 떠나며 인류는 다 같이 약속했다. 다시는 종교를, 신을 만들지 않겠다고. 프록시마인들은 오직 스스로에게 끝없는 믿음과 신뢰를 요구했다. 스스로 믿을 만한 사람이라고 인정받기 위해 끊임없이 노력하는 신념이 그들의 종교이자 신앙이었다.

노을이 문을 열고 들어왔다.

"박사님, 교육 마치고… 어! 누나!"

노을이 이끌고 온 신선한 공기가 무거운 연구실 분위기를 흩어놓았다.

"와, 누나를 또 이런 데서 보니까 집에서와는 느낌이 완전 다른데! 아, 맞다! 우선 신입 후배의 정식 신고부터 받으셔야지!"

노을이 차려 자세로 씩씩하게 경례를 붙였다.

"헬조선 원정대 제이 대 대원 정노을, 이에 신고합니다! 충성!"

마린은 경례를 받을 생각도 없이 동생을 노려보았다.

노을은 누나의 싸한 얼굴을 보며 슬그머니 손을 내렸다.

"역시 고참은 분위기가 달라! 집에서는 로코 폐인인데 여기 원정대 본부에서는 포스가 남달라요?"

노을이 느물거리자 마린이 낮게 으르렁거렸다.

"너 이따 집에 가서 보자."

"크, 직장에서도 보고 집에서도 보고 아, 이거 지겨워지면 어떡하지?"

"조용히 해라."

오누이는 나란히 앉아 서로를 향해 눈을 흘기며 어깨싸움을 해

댔다.

박사가 일어섰다.

"자, 선임과 후임 통성명 끝났으면 새로 단장한 케이스타나 보자고."

2세대로 진화한 케이스타는 1세대와 크게 차이가 없어 보였다. 적어도 마린에게는 그랬다.

케이스타 조종 컴퓨터 앞에 서 있던 레몬티가 나섰다.

"지금부터 새롭게 업그레이드된 케이스타 2.0에 대해 설명드리겠습니다. 첫째, 타임 슬립 후 일 회 체류 기간이 일주일에서 한 달로 늘어납니다. 이 세대 케이스타가 과거에서 현재로 대원을 이동시킬 때 드는 출력 양을 세 배 이상으로 늘린 덕분입니다. 대원들께서는 일주일 이상 과거에 체류할 경우 현재에 대한 기억력에 손상을 입을지도 모른다는 설명을 기억하실 겁니다. 하지만 일 차 원정을 진행할 당시 정마린 대원의 기억력 수치에 대해 자세히 조사 연구한 결과 아무런 이상도 발견되지 않았습니다. 다만 한 달까지 체류 기간을 연장할 시 어떤 영향이 있는지는 아직 증명된 데이터가 없으니 이 점은 유념해 주시기 바랍니다."

마리우스 박사가 덧붙였다.

"타임 슬립 횟수는 임무당 세 번까지 오고 갈 수 있도록 세팅했네. 이 세대 케이스타는 몇 번이고 타임 슬립을 해도 좋을 만큼 안정성을 확보했지만 역시 조심할 부분은 조심해야지."

마린이 반색을 했다.

"그건 잘된 일이네요. 조사가 다 끝나지도 않았는데 시간과 횟수에 쫓겨 서둘러 돌아올 때마다 안타까웠거든요."

레몬티가 설명을 이어 나갔다.

"세 번째로 시공간 이동의 정확도입니다. 케이스타 2.0은 시공간 이동 설정 프로그램을 한 차원 업그레이드한 버전입니다."

마린이 팔짱을 꼈다.

"엉뚱한 장소와 시간대에 떨어지는 것처럼 아찔한 경험도 없더라고요. 박사님, 이제는 그런 일 없겠지요?"

박사가 턱을 만지작거렸다.

"음, 사람이 만든 기계라 백 퍼센트 장담은 금물이지만…."

마린의 얼굴이 살짝 굳었다.

"그럼 앞으로도 문제가 발생할 수 있단 말씀이세요?"

박사가 손을 내저었다.

"이미 일 차 원정 마무리 후 시공간 이동의 정확도를 높이는 개선은 완료한 상태네. 다만 어떤 요인 때문에 타임 슬립을 했을 때 왜곡이 일어나는지 정확한 이유를 찾아내지 못한 게 걸리긴 해."

노을이 끼어들었다.

"아, 그만하세요. 세상에 완벽한 게 어디 있어요. 실수가 나면 나는 대로 지난번처럼 순발력 있게 대처하면 되지요. 그리고 신 모델에는 신입 대원이 시운전을 해야 맞는 거 아니겠어요. 그러니 이

이 세대 첫 시승은 이 정노을 대원이 맡겠습니다."

마린이 꿀밤 주먹을 치켜들었다.

"나대지 좀 마. 누구 마음대로 신삥이 시운전을 하겠다 말겠다 야?"

"누나나 좀 가만있어. 두 번째 원정은 당연히 새로 뽑힌 내가 가 야 맞지. 누나는 이미 한 번 다녀왔잖아. 선배가 후배 앞길을 가로 막아서야 되겠어?"

오누이는 커다란 타임머신 기계 앞에서 티격태격하느라 여념이 없었다. 박사와 레몬티가 이 시끄러운 두 대원을 어떻게 뜯어말려 야 하나 고심하는데 딩동 하고 알림음이 케이스타 방 전체에 울렸 다. 벽에 달린 홀로그램 모니터에 장경은 박사의 얼굴이 떠올랐다.

말 씻는 아낙네들

위원장 자리에 앉은 장경은 박사가 말문을 열었다.

"이번에 복원된 사진은 두 장입니다."

회의장 테이블 한가운데로 3차원 입체 홀로그램이 떴다. 지난 을밀대 사진 때와 똑같이 흐릿한 흑백 사진이 커다랗게 비쳤다. 다만 이번에는 한 장이 아닌 두 장이었다. 첫 번째 사진은 세 마리 말 앞에서 나란히 선 여인 셋의 모습이 담겨 있었다. 모두 승마복을 갖춰 입고 왼손으로 말고삐를 쥐었다. 그 모습은 그들이 말 주인임을 분명히 드러내는 자세였다. 여인 중 오른쪽 끝에 선 이는 베레모를 쓰고 승마용 채찍까지 들었다. 흐릿하고 얼룩진 화면이지만 주인공들의 여유와 당당함만은 고스란히 전해졌다.

마린은 속으로 감탄했다.

'지난번 을밀대 사진도 그렇고 이번 것도 그렇고 참 신기하다.

어떻게 저렇게 원시적인 촬영기술로 생각과 마음까지 잡아내는 걸까?'

헬조선에 대해서는 아직도 미궁 속 미로처럼 캄캄했지만 당시를 살았던 지구인 선조들의 기개만은 라인 튜브 속처럼 명징했다.

여인들은 뒤로 마을이 보이는 언덕에 서 있었다.

마리우스 박사가 앞에 놓인 모니터를 들여다보며 말했다.

"짤방 복원 데이터에 의하면 첫 번째 사진의 촬영 일자는 천구백십팔 년 삼월 오 일로 판명됐습니다."

위원장이 음, 하며 눈가에 힘을 주었다.

매부리코 안토니오 박사가 보고를 이었다.

"두 번째 짤방은 동아일보 천구백이십오 년 십일월 육 일 자 기사로 확인됐습니다. 그런데 흥미로운 점이 있습니다."

첫 번째 사진에서 맨 오른쪽에 서 있는 여인과 두 번째 기사 사진의 주인공이 같은 인물이라는 AI의 분석이었다.

"두 인물이 착용한 복장을 대조해 보겠습니다."

긴 머리의 소피아 박사가 두 사진에 나온 옷 이미지를 따로 떼어 내 새로운 홀로그램으로 띄웠다. 두 벌의 옷은 짧고 꼭 끼는 옷깃과 넓은 소매통, 허리 아래 장식 주름까지 꼭 들어맞았다.

"끼고 있는 장갑까지 같습니다."

두 번째 사진은 승마복을 입은 여인이 비스듬히 서서 카메라 쪽을 쳐다보는 전신사진이었다. 통통한 얼굴 윤곽과 살집이 있는 몸체가 그녀를 당당한 풍채의 소유자로 보이게 했다. 두 번째 사진 옆에 작은 글자로 '남장한 현녀사'라는 사진 설명이 붙어 있었다. 그리고 그 옆에는 해당 기사가 분명한 글이 세로쓰기로 적혀 있었다.

이번엔 검은 피부의 피코 박사가 나섰다.

"제가 한번 읽어 보겠습니다."

피코 박사는 지구 언어학에 조예가 깊었다. 짤방에서 볼 수 있는 기사는 전문이 아니라 앞과 뒤가 잘려 나간 중간 부분이었다. 인쇄 상태가 흐릿한 데다 이미지 파일로 저장된 탓에 픽셀이 뭉개져 글씨가 확실히 보이지 않았다. 하지만 피코 박사는 인내심 어린 목소리로 천천히 읽어 내렸다.

"…들이 여사의 이 뜨거운 심정을 알아주지 못하고 도리어 별별 꿈에도 없는 소리를 많이 지어내었더랍니다. 그리하야 부모처자를 이별하고 정든 고토(故土, 고향 땅)를 떠나서 오직 자기들이 희망하는 일을 위하야 활동하는 피 많은 청년들이 이 무근한 소문과 여사의 과거를 놓고는 요망한 여자를 거저 들일 수 없다 하야 여사의 집을 습격까지 한 일이 있었다 합니다."

'나는 글자를 알아보기도 어려운데 피코 박사님은 거뜬히 읽으시네.'

노을이 속말로 감탄을 늘어놓는 사이 박사의 진중한 목소리가 계속됐다.

"보통 여자 같으면 이에 실망을 하야 그에게는 환락의 세계인

서울로 향하야 발걸음을 돌렸을지 모를 것입니다마는 그는 이에 더욱 자극을 받아서 여러 가지 방법으로 자기의 결심을 표명하는 동시에, 이들 청년의 고달픈 심령을 위로하고자 하야 그가 떠날 때 모든 것을 다 버리면서도 허리를 꺾어서야 겨우 가지고 가게 된 가야금을 송화강변(松花江邊) 고요한 달빛 밑에서 탄 일도 여러 번 있었다 합니다. 여사의 가야금에서 나오는 웅장한 선율이 능히 그들 젊은이들의 피를 끓게 했다 하야 뜻은 다르지만… 휴!"

피코 박사가 가쁜 숨을 토해 냈다. 긴 문장으로 된 글을 읽자니 숨이 막힐 만도 했다.

기사는 아쉽게도 여기서 잘렸다.

장 위원장이 회의를 이었다.

"피코 박사님, 수고하셨습니다. 한데 두 짤방이 각각 천구백십팔 년과 천구백이십오 년이면 칠 년의 시차가 있군요. 칠 년의 세월을 뛰어넘어 복장까지 그대로라면 이 여인은 말 타는 일을 생업으로 삼는 기수였을까요?"

위원장 말에 다들 약속이나 한 듯 손깍지를 낀 채 턱을 괴었다.

소피아 박사가 사진 속 여인을 뚫어져라 쳐다보았다.

"이름이 분명 현 여사. 그러니까 현씨 성을 가진 여성이라는 뜻이 되겠군요."

안토니오 박사가 의견을 냈다.

"지난 일 차 원정을 통해 밝혀진 대로 이 시대는 일본 제국주의

의 통치를 받는 식민지 상황이었습니다. 우리가 궁금한 점은 일제강점기가 헬조선의 전 시기였냐 하는 부분이지요. 한반도가 일본에 의해 점령을 당했다면 그 시대를 살았던 한국인 역시 비참한 식민 상황에 빠져 있었을 게 분명하지 않습니까. 강주룡 님의 경우에서 확인했듯이."

마린이 박사의 말에 동조하는 의견을 냈다.

"제가 처음 불시착한 이십일 세기 고공농성 현장을 기억해 봐도 그래요. 보고서에도 썼지만 일제강점기가 이십 세기에 그치는 것이 아니라 이십일 세기까지 이어졌던 것이 아닐까 하는 생각이 들었어요. 노동자의 처우와 상황이 이십일 세기에도 일제강점기 못지않은 열악한 상태를 보였으니까요."

위원장이 교통정리를 하듯 조리 있게 설명했다.

"글쎄요, 그건 일반화의 오류 같습니다. 이십일 세기 한반도의 기록은 이천오십 년 이후 즉 기후 대재앙 시기 이후로 정확한 데이터로 남아 있어요. 다들 잘 아시다시피 이천오십 년 대한민국은 한반도에서 유일한 입헌 국가였습니다. 기후 변화에 슬기롭게 대처한 대한민국은 국제적 리더로 자리매김함과 동시에 통일을 이루어 냈다는 역사 기록이 있습니다. 다만 마린 대원이 다녀온 해가 이천십칠 년 십이월이었어요. 그때까지 일본에 의해 강제 점령 통치를 당했는지는 알 수 없어요. 겨우 삼십 년도 채 안 되는 기간에 식민지에서 국제 리더 국가로 탈바꿈하는 일은 쉽지 않으니까요.

그러니까 섣불리 일제강점기가 이십일 세기까지 이어졌다고 단정 지을 수는 없겠습니다."

토의는 시대 상황에서 짤방 주인공 개인으로 넘어갔다. 마리우스 박사가 입을 열었다.

"지구 인류사를 봤을 때 여성이 제복을 입고 말을 타는 경우는 동서고금을 통틀어도 매우 드문 일입니다."

소피아 박사도 같은 의견이라고 했다.

"여성뿐인가요? 남성도 일반 서민 계층이면 말을 타는 건 평생에 한 번 있을까 말까 한 일인데요. 저는 첫 번째 사진에 주목하고 싶습니다. 말고삐를 쥔 채 서 있는 저 자세는 다분히 과시적이고 자기만족적입니다. 세 번째 여성의 경우 손에 쥔 채찍을 통해 스스로가 말을 통제하는 주인이라는 점을 확실히 드러내고 있어요. 저는 조심스럽게 이들이 독립군이 아닐까 예상해 봅니다. 말을 탈 수 있는 위치에 있으니 지휘관급이지 않을까 하는 생각도 들고요."

안토니오 박사가 반박했다.

"글쎄요. 일제강점기 당시 여성들의 사회적 위치가 어떠했는지는 강주룡의 고공농성 사건을 통해 확인하지 않았습니까? 여성이 군대 지휘관이나 사령관이었다는 짐작은 과잉 해석 아닐까 싶은데요."

피코 박사도 동조했다.

"제 생각에 이들은 아마 독립군을 도와주는 조력자 신분이 아니었을까 싶습니다. 신문 기사에서도 현 여사라고 지칭된 여성이 피 끓는 젊은이들을 위해 가야금을 탔다는 구절이 나오잖아요. 기사에서 직설적으로 이 젊은이들을 독립군으로 쓰지는 않았습니다만 신문이 발행된 연도를 보자면 분명 일제에 의한 감시와 검열이 있던 시대니까요. 문맥상 이들은 독립에 관련된 일을 하는 사람들로 보입니다. 그런데 현 여사라는 기사의 주인공이 가야금을 타서 젊은이들의 심금을 울렸다고 쓰여 있거든요. 오해와 편견을 이기고 독립군의 사기 진작을 도울 목적으로 재주를 펼쳤다는 내용이었어요. 만약 소피아 박사님 의견대로 군대 지휘관 위치였다면 이런 기사는 쓸 수가 없지요. 왜냐하면, 말 앞에서 찍은 사진은 천구백십팔 년 것이고 가야금 기사는 천구백이십오 년에 나왔으니까요. 천구백십팔 년에 이미 지휘관에 올랐다면 칠 년 후 독립군들 앞에서 가야금을 연주해 오해와 멸시를 거두어 낼 필요가 없었을 테죠."

토의는 거듭될수록 미궁에 빠지는 형상이었다. 노을은 이 사람의 말을 들으면 그가 맞는 것 같다가도 다른 이의 주장을 들으면 또 그 말에 설득이 됐다.

'이래서 누나가 위험을 무릅쓰고 원정에 뛰어든 것이구먼.'

노을은 당장이라도 케이스타에 올라 짤방 속 주인공을 만나 보고 싶었다. 직접 만나 실체와 진실을 속 시원히 밝히고 싶었다.

마리우스 박사가 피코 박사의 의견에 힘을 실었다.

"저 역시 짤방 두 개에 등장하는 현 여사라는 인물이 독립군을 도와주는 조력자로 생각됩니다. 강주룡의 경우를 돌이켜 봅시다. 그녀 역시 나이 어린 남편이 독립군이 되려고 만주로 떠나자 뒤따라가서 부대의 허드렛일을 도맡아 했다는 구술 기록이 있습니다. 군사들의 군복을 빨고 밥을 해 주고 이불을 만들어 주고 무기를 간수해 주면서 독립투쟁에 힘을 보탰다고요."

안토니오 박사가 무릎을 탁 쳤다.

"혹시 이 여성들은 독립군들의 말을 보살피는 마부 역할을 한 게 아닐까요?"

소피아 박사가 이맛살을 찌푸렸다.

"말을 돌봤다고요? 그럼 저 승마복은 어떻게 된 걸까요?"

"승마복은 기념 촬영을 위해 군인들에게 잠깐 빌려 입은 것이 아닐까 싶습니다. 어쨌든 이들도 나라의 독립을 위해 힘써 일한 사람들임은 분명하니까요."

피코 박사가 턱을 주억거렸다.

"맞아요. 앞에서 싸우는 남자들도 훌륭하지만, 뒤에서 조용히 뒷바라지하는 여자들도 중요하니까요. 그런 갸륵한 마음씨를 높이 사서 특별히 군복을 빌려준 것일 수도 있겠네요."

소피아 박사가 발끈했다.

"방금 피코 박사님의 발언엔 성차별 요소가 짙게 깔려 있다고 생각합니다."

장경은 위원장이 미소를 띠며 말했다.

"피코 박사님 '뒤에서 조용히 뒷바라지하는 여자들'이란 부분은 수정해 주셨으면 좋겠습니다. 물론 성차별이 만연한 시대를 연구하는 입장이라 우리 모두가 그 당시의 편협하고 불평등한 개념에 물들 수 있다고 생각합니다. 그래서 더욱더 경계해야 할 부분이라고 생각합니다."

피코 박사가 정중히 사과했다.

소피아 박사가 흔쾌히 사과를 받아들이며 덧붙였다.

"피코 박사님이 말씀하신 뜻은 충분히 알고 있습니다. 그 당시 사회 통념상 조력자로서 여성의 가치를 크게 인정했던 시대니까요. 그런 의미에서 저도 이 세 사람은 노고를 치하받고 그 기념으로 사진 촬영을 한 것으로 파악됩니다."

"예. 제 의견이 바로 소피아 박사님과 같습니다."

소피아 박사와 피코 박사가 주거니 받거니 죽이 맞았다.

장 위원장이 낮게 중얼거렸다.

"말을 타는 독립군이 아니라 말을 씻는 아낙네들이라…."

회의 결론이 말 씻는 아낙네로 모이는 분위기였다. 위원들은 지금껏 토의한 내용을 점검하느라 각자 앞에 놓인 모니터를 들여다보았다. 그때였다.

"말도 안 돼!"

불쑥 튀어나온 한마디가 회의장을 흔들었다. 다들 토끼 눈이 돼 고개를 들었다. 노을이 비죽 웃으며 자리에서 일어났다.

"말을 씻는 아낙네들이라고요? 군복을 빌려 입었다고요?"

노을이 콧방귀를 뀌었다.

"군복은 절대 빌려줄 수 없습니다. 아버지가 그러셨어요. 군인에게 제복은 무기 다음으로 중요한 정체성이라고요. 그런 옷을 마구간에서 일하는 인부들에게 빌려주었다고요? 그것도 기념사진 찍는 용도로? 너무 편리한 상상 같은데요."

"노을아! 예의를 지켜!"

마린이 동생을 꾸짖었다. 하지만 노을은 흔들림 없이 할 말을 이었다.

"사진을 자세히 보세요. 여인들이 입은 승마복에 계급장이나 이름표가 붙어 있나요? 소피아 박사님께서 아까 분명 두 사진 속 옷이 같은 거라고 하셨어요. 그렇다면 칠 년 만에 찍는 사진을 위해 누가 또 똑같은 군복을 빌려주었단 말입니까."

안토니오 박사가 쓴 입맛을 다셨다.

"사진은 한날한시에 촬영해 놓은 것을 나중에 썼을 수도 있잖아요?"

노을이 고개를 저었다.

"여기 잘 보세요. 첫 번째 사진에서는 긴 가죽 장화를 신고 있어요. 두 번째 사진에서는 구두를 신었고요. 소피아 박사님 확인해 주시죠."

소피아 박사가 홀로그램을 부분 확대해서 자세히 살폈다. 노을
이 계속했다.

"첫 번째 사진 속에 등장하는 세 사람은 모두 승마용 장화를 신
었어요. 그런데 같은 날, 같은 시각에 찍은 사진이라면 굳이 장화
를 구두로 바꿔 신을 이유가 없잖아요."

회의장에 모인 박사들이 너 나 할 것 없이 고개를 끄덕였다. 마
린은 입을 헤 벌리고 동생을 올려다봤다. 잠꾸러기에다 철부지로
만 봐 온 동생이었다. 하지만 지금 짤방을 자세히 분석해 명쾌하게
추리하는 모습은 노련한 탐정에 다름 아니었다.

역사복원위원회 주최 특별회의는 각자의 주장을 관철하는 끝장
토론 자리가 아니었다. 복원된 짤방에 대한 보다 정확한 정보 파악
을 위해 모두가 합심해 아이디어를 짜내는 회의였다. 그러니 누구
의 의견이 잘못됐고 누구의 짐작이 틀렸다 하더라도 상관없었다.
자신이 낸 의견을 고집하기보다는 합리적으로 타당한 근거와 논
리를 찾는 것이 더 중요했다. 이런 분위기는 프록시마인들에게는
당연한 상식이었다. 프록시마b에서 삶을 영위하는 사람들은 대립
이나 경쟁 따위에 쓸데없이 감정 에너지를 소모하지 않았다. 그런
행위와 마음가짐을 경멸했다. 불모의 땅에서 다 같이 더불어 살아
남아야 하기 때문이었다.

장 위원장이 노을을 보며 빙그레 웃었다.

"두 번째 대원을 제대로 뽑은 것 같군요."

피코 박사가 맞장구쳤다.

"원정대에는 저렇게 대범하면서도 치밀한 인재가 필요하지요."

장 위원장이 자리에서 일어나 마린과 노을 쪽으로 섰다.

"정마린, 정노을 대원! 헬조선 원정대 두 번째 출정을 정식으로 명합니다. 부디 헬조선의 정체를 밝혀 주십시오. 대원 두 사람이 각각 짤방 하나씩을 맡아 탐사하도록 하십시오."

노을은 부풀어 오르는 가슴을 어찌하지 못해 함박웃음을 지었다. 마린은 더 이상 동생을 말릴 핑계가 없었다. 어쩌면 노을은 누나가 짐작하는 것보다 훨씬 더 크게 자라 있을지 모를 일이었다.

각성의 순간

마린과 노을은 출정하기 전 꼭 해야 할 일이 있었다. 바로 방사능 배출이었다.

"와! 오늘 무슨 날인가?"

건강검진센터에 들어서던 노을이 호들갑을 떨었다. 접수창구가 사람들로 북새통이었다.

마린이 짜증 섞인 목소리로 대꾸했다.

"날은 무슨 날! 다들 오늘 하루 죽다 깨는 날이지."

"아니, 프록시마 전체 인구가 한날한시에 물약을 마시는 것도 아닌데 왜 이리 붐비느냐고."

"우리가 좀 늦게 왔잖아. 오후에 한꺼번에 몰려서 그럴 거야."

마린이 무거운 발을 끌며 앞장섰다. 노을이 그 뒤를 따르며 투덜거렸다.

"아, 프록시마인으로 사는 건 다 좋은데 딱 하나, 이 방사능 배출이 질색이란 말이야."

프록시마b 주민이면 누구나 1년에 한 번 방사능 배출 물약을 받아 복용해야 했다. 물약은 투명하고 밀도 높은 액체로 돼 있었다. 미끈거리고 살짝 끈적거리는 액체는 떠올리기만 해도 속이 울렁거리게 했다. 방사능 축적량에 따라 마셔야 하는 물약의 양이 조금씩 달랐다. 누구는 손안에 쏙 들어가는 작은 약병 하나를 받기도 하고 누구는 휴대용 생수병만큼 커다란 병을 받기도 했다. 물약은 그 양이 적든 많든 간에 마시고 나면 뱃멀미를 하는 것처럼 온몸에 힘이 빠지고 속이 메슥거렸다. 그런 상태로 24시간 정도 보내고 나면 마지막 순서로 화장실이 기다렸다. 화장실에서 지난 한 해 몸속에 쌓였던 방사능을 모두 쏟아 내면 연례행사는 대단원의 막을 내린다. 물론 화장실에서 경험하는 그 끔찍한 기분은 뭐라 설명하기 어렵다. 프록시마인들은 중대한 연례행사를 위해 휴가를 냈다. 이름하여 방사능 휴가!

"누나 이번에는 약병이 좀 크겠다."

노을이 번호표를 받고 대기실에 앉자마자 마린을 놀리기 시작했다.

"내가 왜?"

"누나 원래 검사 날짜가 두 달 전 아니야? 이 핑계 저 핑계 대면서 미루다가 보건위원회에서 경고장 온 거 다 봤는데. 하여튼 누나는 유난히 물약 먹는 걸 질색한단 말이지.”

마린은 동생의 짓궂은 농담에 반박할 말을 찾지 못했다. 녀석의 말이 다 사실이었기 때문이다.

“무슨 소리야. 원정대에 입대하고 바로 탐사 떠나느라 시간을 못 낸 거지.”

마린은 예상보다 빨리 완성된 케이스타에 오르기 위해 방사능 배출 날짜를 놓쳤다. 가뜩이나 엄마를 닮아 유난히 방사능 배출 후 유증이 오래가는 마린이었다. 타임 슬립을 하기 위해서는 최상의 컨디션을 유지해야 했다. 마린은 어쩔 수 없이 방사능 물약 복용을 미루었다. 마린은 출정 당시 마리우스 박사에게 방사능 배출에 대해 알리지 않고 케이스타에 올랐다. 만약 말했다면 박사는 분명 출정 날짜를 미루고라도 마린이 방사능 배출을 하게 지시했을 터였다. 프록시마인에게 방사능 배출은 그만큼 건강과 직결된 일이었다.

노을은 잔뜩 찡그린 마린의 얼굴을 보며 키득거렸다.

“하여튼 엄마도 그렇고 누나도 그렇고 방사능 배출 시약이라면 벌벌 떤다니까.”

“야, 그만 좀 놀려. 저도 화장실에서 곡소리 내는 주제에!”

마린이 발끈하자 노을이 얼른 입을 오므렸다.

‘놀리는 거 아니야. 누나가 만날 날 위해 어른인 척하는 게 안쓰러웠거든. 그런데 약 먹기 싫다고 징징거리는 모습을 보니까 반가

워서 그래.'

노을이 속으로 대답하는 걸 마린은 당연히 들을 수 없었다. 그 사이 노을이 순번이 됐다.

"들어갔다 올게. 나 다음에 바로 누나니까 준비해."

"알았어. 잘하고 나와."

마린이 진찰실로 들어가는 노을 등에 대고 손을 흔들었다. 진찰실 문이 닫히고 마린이 한숨을 폭 내쉬었다. 그때 팔목에 찬 케이스타 시계가 징 하고 울렸다.

"무슨 일이지?"

마린이 얼른 손목시계 옆 단추를 꾹 눌렀다.

헬조선 원정대 본부 호출

"어? 이상하다. 오늘 방사능 휴가원 처리돼서 출근 안 하는 날인데."

마린이 선 채로 망설이다 발걸음을 출입문 쪽으로 옮겼다. 그때 마침 검사를 마치고 나오던 노을이 마린을 보았다.

"어? 누나 어디 가?

"본부에서 긴급 호출이 와서 가 봐야 할 거 같아."

여기서 '긴급'이란 단어는 마린이 멋대로 가져다 붙인 말이었다.

"원정대 본부에서? 오늘 우리 휴가받은 거 아니었어?"

"그러게. 근데 뭔가 급한 일이 생겼나 봐. 노을아, 누나 먼저 가 볼 테니까 너도 물약 받으면 바로 본부로 와."

마린은 출입문 쪽으로 성급히 걸음을 옮겼다.

"누나! 검사는 언제 하려고?"

노을이 뒤따라오며 소리쳤다.

"응. 본부에서 일 끝나는 대로 다시 올 거야."

마린이 출구 쪽으로 사라졌다.

노을이 입맛을 쩝 다셨다.

"또 빠져나가는구먼. 저러다 진짜 큰일 나면 어쩌려고 저러지."

노을은 누나가 걱정되기 시작했다. 방사능 배출은 중증 질환에 대한 예방 차원에 그치지 않았다. 프록시마 항성에서 뿜어져 나오는 방사능이 인체에 어떤 영향과 반응을 일으키는지는 아직 연구가 진행 중이었다. 노을은 그게 항상 걱정이었다. 타임머신에 오르면 인체가 감당해야 할 물리 화학적 충격이 최고치로 치솟는다. 아무리 천재 과학자의 발명품이라 해도 순식간에 시공간 이동을 하는 기계가 내뿜는 전자파나 에너지는 인체에 어떤 식으로든 충격과 흔적을 남기게 돼 있다. 아무리 나이 어린 노을이지만 그 정도는 짐작할 수 있었다. 거기다 몸에 방사능이 잔뜩 쌓여 있다면 좋을 리 만무했다. 노을은 두 번째 원정 출발 전에 누나의 몸에서 방사능을 모두 몰아내야겠다고 마음먹은 차였다. 그런데 누나가 호출을 핑계로 휑하게 가 버리자 맥이 풀렸다.

"무슨 호출인지 몰라도 우선 방사능 배출부터 시키자고!"

노을이 마린을 쫓아나가려고 발을 떼는데 복도 안쪽에서 소리가 들렸다.

"정노을 님, 센터 약국으로 오시기 바랍니다."

노을이 시약을 받아 마시는 사이, 마린이 탄 라인 전차가 역사복원위원회역에 도착했다. 마린은 얼른 전차에서 내려 타는 곳 맨 끝으로 갔다. 거기에는 '관계자 외 출입 금지'라는 팻말이 붙은 작은 문이 있었다. 마린이 손목에 찬 시계를 문손잡이에 가져다 대자 찰칵하는 경쾌한 소리와 함께 문이 열렸다. 마린은 타는 곳에 아무도 없는 것을 한 번 더 확인하고 문 안으로 들어갔다. 문 안은 또 다른 타는 곳으로 이어졌다. 거기에는 헬조선 원정대 본부 직행용 라인이 한 대 서 있었다. 열차는 마린을 곧바로 원정대 본부로 데려다주었다.

"박사님, 무슨 일이에요?"

마린이 본부 중앙 홀로 뛰어 들어오며 소리쳤다. 케이스타 앞에 나란히 서서 이야기를 나누던 마리우스, 피코, 소피아 박사 세 사람이 깜짝 놀라 뒤를 돌아보았다.

마리우스 박사가 물었다.

"자네 혼잔가? 노을 대원은?"

"노을이도 부르셨어요?"

마리우스 박사가 그렇다고 대답했다.

"노을이는 방사능 검사를 받느라 미처 호출이 온 걸 확인하지 못한 모양이에요."

그 말에 마리우스 박사의 표정이 복잡해졌다.

"자네들, 방사능 휴가 낸 건가?"

마린이 예, 하고 대답하자 박사가 머리를 기울이며 혼잣말을 했다.

"내가 미처 확인하지 않고 오누이를 불렀구면."

곁에 서 있던 소피아 박사가 말을 건넸다.

"박사님, 두 사람 모두 물약을 마셨다면 오늘은 타임 슬립이 어렵겠는데요."

마린이 살짝 놀란 얼굴로 케이스타를 올려다봤다.

"박사님, 벌써 충전이 끝난 거예요?"

마리우스 박사가 고개를 끄덕였다. 그는 고민에 빠져 뭔가 심각하게 궁리하는 표정이었다. 그때 노을이 본부로 들어왔다. 마리우스 박사가 인사를 건넸다.

"노을 대원 어서 오게."

마린은 곁에 와서 서는 동생에게 귀엣말을 했다.

"물약은 먹었니?"

"응. 약국에서 처방받고 그 자리에서 바로 먹었어. 요즘엔 그래야 방사능 배출 검사 인증이 완료된다고 하더라고."

마린이 안심했다는 표시로 고개를 끄덕였다.

"약 기운이 돌려면 아직 좀 시간이 있으니까 아직 기분 괜찮지?"

노을이 속삭였다.

"응. 누나는 언제 다시 검사받으러 갈 거야?"

마린이 좀 이따, 라고 대답하려는데 마리우스 박사 말소리가 들렸다.

"마린 대원 아직 물약 복용 안 했나?"

"예, 그런데요."

마린의 대답에 마리우스 박사의 얼굴이 조금 밝아졌다.

"그렇다면 다행이군. 마린 대원! 오늘 출정할 수 있겠나?"

갑작스러운 제안에 마린이 물었다.

"출정은 다음 주 월요일로 알고 있었는데요."

"그랬지. 케이스타의 에너지 충전이 월요일이나 돼야 완료되는 걸로 알고 있었거든. 그런데 좀 전에 충전이 끝났지 뭔가. 케이스타는 충전 백 퍼센트일 때 가장 성능이 좋다네. 그래서 자네들 휴가 낸 줄 알면서도 호출한 걸세. 그런데 그 휴가가 방사능 배출 휴가인지는 미처 체크를 못 했지만."

마린이 뭐라고 대답하려는데 노을이 나섰다.

"박사님, 제가 가겠습니다. 제가 첫 번째 짤방의 진위를 밝히러 출정하겠습니다."

마린이 손을 내저으며 가로막았다.

"넌 안 돼. 물약 먹었잖아."

그 말에 노을이 아차 하며 물러섰다.

마리우스 박사가 아쉬운 표정을 지었다.

"그럼 자네는 안 되겠네. 타임 슬립 할 때 받는 충격을 무사히 이기려면 최상의 컨디션이 기본 조건이거든."

"하지만 누나도 오늘 출정하는 데는 반대입니다. 방사능 축적 농도가 높을 게 뻔한데 타임 슬립을 자꾸 하면 신체에 어떤 영향이 있을지도 모르고."

마리우스 박사와 소피아 박사가 동시에 머리를 끄덕였다.

마린이 잠깐 궁리하다 말했다.

"박사님, 저는 차라리 지금 다녀오는 게 나을 것 같습니다. 방사능 배출을 하고 나면 일주일은 기력을 회복하지 못해 누워 있어야 하거든요. 노을이 염려도 일리가 있지만 제 신체 상태에 대해서 가장 잘 아는 사람은 결국 저 자신이니까 제 판단에 따라 주시면 감사하겠습니다. 그리고 노을아, 누나 얼른 다녀와서 물약 받으러 갈게. 그게 더 안전하고 효율적인 거 같아. 몸에 무리도 덜하고."

마린이 명쾌하게 정리하자 둘러선 사람들 모두 고개를 주억거렸다.

"그럼 자네는 대기실에 가서 준비하도록 하게. 노을 대원은 잠시 남아서 선배 대원이 시공간 여행을 하는 모습을 지켜보게나."

노을은 찜찜한 기분을 떨칠 수 없었으나 원정대 대장과 선배 대원의 결정을 뒤집을 수는 없었다.

잠시 후, 마린이 케이스타 센딩팟에 올라섰다. 모자 상자처럼 둥글게 생긴 센딩팟에서 은은한 초록빛이 뿜어져 나왔다. 2세대로 진화한 케이스타의 새로운 점 중 하나였다. 빛과 어우러진 마린은 마치 서커스장 한가운데 놓인 디딤대 위에 올라선 마술사처럼 보였다. 노을은 경이에 찬 표정으로 누나를 지켜보았다. 센딩팟은 마린이 올라서자마자 웅 소리와 함께 조금 떨리기 시작했다.

잠깐이었다. 마린은 몸이 붕 뜨는 느낌을 받자마자 다시 깊은 구덩이 속으로 툭 떨어지는 것 같았다.

"에구, 머리야."

마린이 정신을 차리려고 도리질을 치는데 환한 빛이 눈 안에 가득 찼다. 굳이 확인하지 않아도 될 일이었다. 이 황금색 빛무리는 태양이 지구를 향해 내뿜는 햇빛임에 틀림없었다.

'제대로 도착했나 보다.'

마린은 기쁜 마음에 눈을 떴으나 곧 놀라움에 압도당했다.

"헉! 이게 다 웬일이래?"

"대한 독립 만세!"

"대한 독립 만세!"

사방에서 사람들이 몰려다니며 만세를 부르고 있었다. 손에는 약속이나 한 듯 태극기가 들려 있었다. 마린은 멀뚱히 서서 눈에 가득 찬 광경을 바라보았다. 어른 아이도, 남자 여자 할 것 없이 온

도시 사람들이 길거리로 쏟아져 나온 듯했다. 마린은 이렇게 많은 인파는 난생처음이었다. 거리는 사람으로 물결을 이루고 있었다. 다들 목청껏 만세 소리를 지르며 팔을 올렸다 내렸다 했다. 이 광경은 프록시마에서 평온한 일상만 경험해 본 마린을 심장이 터질 듯한 흥분으로 몰아넣었다.

"여기가 어디지?"

마린이 까치발을 하고 목을 빼자 저 앞으로 하얗고 커다란 석탑 머리가 보였다. 층층이 쌓인 지붕 모양 단이 무척 인상적이었다. 그 옆에 팔각지붕을 얹은 정자가 나란히 서 있었다. 마린은 도무지 여기가 어딘지, 몇 년 몇 월인지 가늠이 서질 않았다.

"카이! 지금 우리가 선 곳의 좌표와 시간을 알려 줘."

마린은 명령을 내리면서도 가슴이 조마조마했다. 또 첫 원정 때처럼 엉뚱한 시간과 장소에 떨어졌을까 봐 지레 겁이 났다.

"경성 종로 이 번가 탑골공원 앞 큰길가입니다. 시간은 지구 서양력으로 천구백십구 년 삼월 일 일입니다."

"뭐? 또?"

마린은 머리를 감싸 쥐었다.

"난 천구백십팔 년 삼월 오 일로 가야 한단 말이야!"

마린이 비명을 올리며 고개를 숙이는데 옆 골목에서 갑자기 사람들이 쏟아져 나왔다.

"대한 독립 만세!"

"대한 독립 만세!"

마린은 순식간에 무리에 휩쓸려 버렸다. 군중 틈바구니에서 빠져나오려고 애를 썼지만 속수무책이었다. 그만큼 기세가 강력하고 강렬했다.

"비켜 주세요! 잠시만요!"

마린이 목청껏 외쳤지만 하늘을 울리는 만세 소리에 묻혀 기미도 없었다. 종로통에서 밀려다니던 마린 머릿속에 한 가지 생각이 스쳤다.

'잠깐! 아! 혹시 오늘이 헬조선이 일본 제국주의 통치 체제에서 독립한 날인가? 대한민국이 되는 역사적인 광복의 날?'

거리에 가득 찬 사람들의 표정은 결연하고도 희망에 차 있었다. 마치 그동안 억눌려 있던 진심을 환한 햇빛 아래 토해 놓는 것처럼 거침이 없었다. 독립 만세 소리에 깃든 기운은 밝고 활기찼다.

'그렇다면 비록 시공간 이동에 오류가 있었다 하더라도 오늘 여기 타임 슬립을 한 건 잘된 일일지도 모르겠군.'

마린은 지난번 1차 원정 때 공장 굴뚝 꼭대기에서 고공농성을 벌이는 아저씨들을 만난 일이 떠올랐다. 엉뚱한 장소와 연도였지만 그들이 말해 준 이야기는 강주룡의 을밀대 고공농성 사건을 이해하는 초석이 돼 주었다.

마린이 카이를 불렀다.

"카이! 역사복원위원회에 보고해. 대한민국이 일제강점기에서 벗어난 날이 천구백십구 년 삼월 일 일이었다고. 현장에서 목격 중이라고!"

카이의 대답은 의외로 차분했다.

"마린, 지난 일 차 원정 때 강주룡 님을 찾아간 해가 천구백삼십이 년이었습니다. 혹시 잊고 계셨나요?"

마린이 멈칫했다.

"아, 맞다!"

강주룡의 시신을 평양 시내가 보이는 공동묘지 언덕에 묻을 때, 한반도는 아직 식민지 상태였다. 그런데 지금이 1919년이라면 해방은 먼 이야기일 뿐이었다.

"그럼 지금 이 광경은 뭐란 말이야? 혹시 식민지 일 차 해방이 있고 그 후에 다시 이 차로 식민국가가 된 걸까?"

마린은 도무지 종잡을 수 없었다. 생각만 아니라 몸도 이리 쏠리고 저리 밀려서 어디로 가고 있는지 몰랐다.

"헬조선은 정말 까다로운 미궁 같다니까!"

마린이 짜증스럽게 한숨을 내쉬는데 군중 앞쪽에서 말발굽 소리와 함께 비명 소리가 하늘을 찢었다. 동시에 만세를 부르며 힘차게 앞으로 나아가던 무리가 사방으로 흩어졌다.

"주동자를 색출해 체포하라!"

"태극기를 든 자는 무조건 잡아들여라!"

마린이 우왕좌왕하며 카이를 불렀다.

"무슨 일이지?"

"마린, 위험 경고가 떴습니다. 시위대를 진압하는 기마경찰입니다. 저 앞에 말을 탄 순사들이 장총 류의 무기를 소지하고 있습니다."

"무기? 총을 들고 있단 말이야?"

마린이 경악에 차 소리쳤다.

"본부에 연락해 프록시마로 돌아갈 수 있도록 타임 슬립을 요청했습니다. 마린, 어디 인적이 드문 골목이나 건물 안으로…."

카이가 재촉했다.

마린이 주변을 두리번거리는데 뒤에서 누군가 세게 넘어지며 마린의 원피스 소매를 잡아당겼다. 마린은 1차 때와 마찬가지로 특수 방어복인 물방울무늬 원피스를 입고 있었다.

"악!"

마린이 비명을 올렸다. 순사를 피해 달아나던 사람들이 땅바닥에 넘어진 마린을 밟아 댔다. 억센 구둣발이 마린 왼쪽 발목을 으스러지라 밟았다. 마린은 정신이 아득해질 정도로 아팠지만 옴짝달싹할 수 없었다. 마린 위로 치마저고리를 입은 아낙이 엎어져 마린은 말 그대로 사람에 깔려 죽을 지경이었다. 만세시위대를 향해 몽둥이질을 가하는 일본 순사들이 무리 사이를 헤치며 다녔다. 길거리는 아수라장이 됐다.

"사, 사람 살려…."

마린은 정신이 아득해져 목소리마저 잦아들었다. 그때 누군가 마린의 팔을 힘차게 잡아당겼다.

"정신 차려요!"

마린이 고개를 들어 보니 분 화장을 곱게 한 여성이 서 있었다. 여인은 아비규환 한복판에서 표정 하나 흐트러짐이 없었다. 마린은 여인이 이끄는 대로 거리에서 벗어나 작은 골목으로 들어갔다. 골목 모퉁이를 하나 돌았을 뿐인데 사위가 고요해졌다. 여인은 마린을 부축하고 골목 깊숙이 들어섰다. 초가집과 기와집이 뒤섞인 구불구불한 골목 안은 딴 세상처럼 평화롭고 조용했다. 마린은 아까 사람들에게 밟힌 발목이 지끈거려 제대로 걸을 수가 없었다. 여인은 절뚝거리는 마린을 어느 집 굴뚝 옆에 앉혔다.

"구해 주셔서 감사합니다."

"인사는 됐소. 내가 아니어도 인파에 생매장당하는 걸 두고 볼 구경꾼이 세상에 어디 있겠소."

여인은 반듯하고 매끄러운 목소리로 대답했다. 도망칠 때는 미처 몰랐는데 여인의 얼굴도 달아올랐다. 이 난리 속에 누군들 태평한 낯빛을 할 수 있을까마는 여인의 흥분은 뭔가 좀 다른 구석이 있었다.

"보아하니 여염집 댕기 머리는 아닌 것 같고, 어디 학교 여학생이오?"

여인이 마린의 옷차림새를 훑어 내리며 물었다.

마린이 원피스 주머니에서 기자증을 꺼냈다. 하지만 네모나고 빳빳한 종이는 기자증이 아닌 명함이었다.

"저는 동광…, 응?"

마린이 첫 번째 원정 때 쓴 기자증에는 종합잡지 《동광》의 사회부 기자 정마린이라고 쓰여 있었다. 이번에도 같은 신분증이겠거니 생각했던 마린이 깜짝 놀랐다. 거기엔 '《신여성》 창간준비위원회 수습기자 정마린'이라고 쓰여 있었다. 마린의 귓가에 카이의 목소리가 들렸다.

"동광 잡지는 천구백이십육 년 오월에 창간된 잡지입니다. 천구백십구 년 현재 발행된 잡지는 하나도 검색이 되지 않습니다. 유일하게 매일신보라는 총독부 기관지가 신문으로 간행되고 있었습니다. 우선 급한 대로 신여성이란 이름으로 명함을 만들었습니다."

마린은 카이의 설명에 얼른 말을 돌렸다.

여인은 마린이 내미는 명함을 받아 들며 놀라는 표정을 지었다.

"여기자란 말이오? 세상에 여자 기자도 다 있다니, 꽤 흥미롭군요."

여인은 명함을 이리저리 뒤집어 보며 고개를 끄덕였다. 호기심과 호의가 동시에 일어나는 기색이었다.

"저, 목숨을 구해 준 은인이신데 성함을 여쭈어도 될까요?"

마린이 조심스럽게 묻자 여인이 벌떡 일어나 마린을 부축해 일으켰다.

"내 소개는 차차 하기로 하고 우선 집으로 갑시다. 발목을 제대로 접질린 것 같으니 가서 찜질이라도 해야겠소."

여인은 마린의 대답 따위는 들을 필요도 없다는 듯 발을 옮겼다. 마린이 끌려가며 어, 어 하는데 귓가에서 카이의 말소리가 들렸다.

"방금 본부에서 귀환 명령이 떨어졌습니다. 현재 마린 대원이 계신 때는 천구백십팔 년 삼월 오 일이 아닌 천구백십구 년 삼월 일 일, 그러니까 목표 설정 시간보다 일 년 후로 이동한 부분을 확인하셨답니다."

마린이 곁에서 걷고 있는 여인을 힐끔 쳐다보았다.

"저, 아까 죽다 살아서 그런지 목이 많이 탑니다. 어디서 물 한 잔만 얻어 마실 수 있을까요?"

여인이 걸음을 멈추었다.

"그럼 잠깐 여기 앉아 있어요. 냉수 한 바가지 얻어 오리다."

여인이 마린을 골목 어귀 정자나무 아래 앉혀 놓은 뒤 초가집으로 들어갔다. 마린은 여인이 집 안으로 완전히 사라지자마자 카이를 불렀다.

"본부에 전달해 줘. 기왕 이렇게 된 거 오늘 내가 목격한 사건이 무언지 조사한 후 귀환하겠다고. 방금 전 나를 구해 준 저 범상치 않은 여인도 궁금하고 말이야."

무엇보다 아까 다친 발목이 아파 걸을 수도 없다고 말했다.

"부상당하셨으니 더더욱 빨리 귀환하셔야지요. 여기서 더 지체할 필요가 없습니다. 지금 도시 상황이 매우 위험합니다. 서둘러 타임 슬립을 하셔야 합니다."

카이가 마린을 재촉했다.

"아니. 오늘 이 사건의 정체를 밝히고 복귀할 거야. 오늘 시위가 헬조선을 이해할 수 있는 큰 열쇠가 될 수 있을 것 같아."

원정대 본부에서 이 말을 전해 들은 마리우스 박사가 발끈했지만 강제 소환할 방법은 없었다.

옆에서 상황을 지켜보던 노을이 나지막이 웅얼거렸다.

"누나도 나만큼이나 고집쟁이로군. 하긴 집안 내력이 어디 가겠어."

소피아 박사가 의견을 냈다.

"마리우스 박사님, 일단 정마린 대원을 믿어 보는 건 어떨까요?"

마리우스 박사가 뒤에 서 있던 노을을 돌아보았다. 케이스타 앞에 모인 이들 중 마린의 안전을 가장 걱정하는 사람은 분명 노을이었다. 하지만 노을은 누나의 마음 또한 누구보다 더 잘 이해할 수 있었다.

"저 같아도 그냥 돌아오지는 않을 겁니다."

마리우스 박사는 카이를 통해 긴급 귀환 명령을 철회했다. 덕분에 마린은 물그릇을 들고 다가오는 여인에게 함박웃음을 지을 수 있었다.

여인이 사는 집은 청진동 77번지 아담한 기와집이었다. 대문을 열고 들어서니 안마당에 화단이 살뜰히 꾸며져 있었다. 대청마루며 댓돌, 살림살이가 하나같이 반들반들 윤이 났다. 티끌 하나 없는 마루 유리문은 밝은 햇살을 듬뿍 머금고 있었다. 한눈에 봐도 집주인의 깔끔한 성격이 고스란히 묻어나는 집이었다.

"어서 안방으로 들어가 누워요. 내가 곧 찜질할 수건이랑 물 준비할 테니."

마린은 집주인의 친절에 감사 인사를 건네고 마루로 올라섰다. 방문을 여는 순간 달콤한 분내가 코끝에 닿았다. 화려한 비단으로 만든 보료가 아랫목에 깔리고 그 옆으로 화려한 자개를 수놓은 화장대와 서랍장, 장롱이 늘어섰다. 마린은 무엇보다 서랍장 옆에 세워 둔 물건이 이채로웠다.

'저건 분명 가야금이라는 악기지?'

가야금을 타는 여인이라, 마린은 여인의 정체가 점점 더 궁금해졌다.

마린이 보료 위에 어색하게 앉아 방 안을 둘러보는데 여인이 김이 무럭무럭 나는 세숫대야를 들고 들어왔다.

"나는 금죽, 아니 오늘부터는 정칠성이지. 정칠성이라 하오."

마린이 신기하고 반가운 마음에 활짝 웃었다.

"성이 정씨세요? 그럼 저와 같네요."

정칠성이라고 자신을 소개한 여인이 빙그레 웃으며 물었다.

"그래요? 이런 인연이 있나. 마린 씨는 어디 정씨요?"

"네? 어디 정씨라뇨? 그게 무슨…."

마린이 당황해 말끝을 흐렸다. 어디 정씨라는 말은 어디서 온 정씨냐는 물음으로 들렸다. 혹시 이 사람도 강주룡처럼 나의 정체를 간파한 사람인가? 그럼 솔직히 프록시마b에서 왔다고 털어놓고 도움을 청할까? 마린의 머릿속이 뒤엉키기 시작하는데 카이의 목소리가 들렸다.

"어디 성씨냐고 묻는 질문은 성씨의 본관, 그러니까 그 성씨의 발생지를 뜻하는 겁니다."

그렇다면 프록시마 사람들은 모두 본관이 프록시마b일 수밖에 없었다.

'어떻게 한다? 그냥 프록시마 정씨라고 할까.'

마린이 궁리하느라 정신을 파는데 칠성이 눈썹을 찡그렸다.

"기자씩이나 되는 양반이 본관이 어디냐고 묻는데 대답을 못 하네."

마린이 어색하게 웃으며 머리를 긁적였다.

"아까 죽을 고비를 넘겼더니 정신이 나갔나 봐요. 제 본관은 프…."

마린이 막 프록, 이라고 발음하려는데 카이의 다급한 목소리가 들렸다.

"해주 정씨요! 해주 정씨라고 대답하세욧!"

"프, 아니 해주 정씨요, 전 해주 정씨입니다."

마린이 순발력 있게 대답하며 덧붙였다.

"칠성 님은 어디 정씨세요?"

칠성은 허둥거리는 마린을 보며 천천히 입을 열었다.

"난 본관 같은 건 없다오."

"예? 어째서요?"

엉뚱한 대답에 마린이 눈을 깜빡였다.

"말하자면 사연이 길지. 우선 그 부어오르기 시작하는 발목부터 살핍시다."

칠성은 뜨거운 수건으로 마린의 왼발을 감쌌다. 마린은 발목에서부터 퍼지는 따스한 온기에 마음이 풀어졌다. 마린은 자신의 발목에 정성스럽게 찜질을 하는 칠성을 건너다보았다.

'엄마도 저렇게 서늘하고 분명한 눈매를 지녔는데.'

오래간만에 떠오른 엄마 얼굴이었다.

"여쭤볼 게 있어요. 아까 거리에서 만세를 부르며 태극기를 흔들던 사람들의 마음을 알고 싶습니다."

마린은 시위의 목적을 대놓고 물어보지 못했다. 명색이 잡지 창간을 준비한다는 기자가 오늘 사태에 대해 전혀 무지할 수는 없는 노릇이었다. 마린의 발목을 매만지던 칠성의 손이 멈추었다.

"스물두 살의 기생이 조선 사람 마음에 심어진 뜻을 어찌 다 알 수 있겠소."

"기생이라고요?"

마린의 눈길이 얼른 벽에 기댄 가야금으로 향했다.

칠성이 의아한 표정을 지었다.

"난 눈치챈 줄 알았는데, 기자라면서 촉이 좀 무디구려."

마린 귀밑이 발개졌다. 칠성은 그 모습이 귀엽다는 듯 미소 지었다.

"오늘 만세운동이 일어날 거란 소문은 경성 주민이면 누구나 들어 알고 있었잖아요. 허나 나 같은 권번 기생이 무얼 알겠소. 가야금 산조와 춤을 팔아 목숨을 이어가는 재인(才人)일 뿐. 하지만 나라 독립의 깊은 뜻은 몰라도 나 역시 조선 사람의 하나임에는 틀림이 없겠지요. 그래서 시간에 맞추어 종로네거리로 나가 봤소. 나도 기생이기 전에 사람이고 조선 백성일진대, 젊은 가슴이 왜 흥분에 넘치지 않겠소. 절로 뜨거운 눈물이 흐릅디다. 그래서 만세를 외치는 무리를 정신없이 따라다니다 군중 밑에 깔리는 당신을 발견했지요."

마린은 그녀의 얼굴에서 평양 시장통을 내려다보던 강주룡이 떠올랐다. 생의 고비를 넘고 난 후 새롭게 깨닫는 무언가에 사로잡힐 때 보이는 낯빛이었다.

마린이 망설이다 주머니에서 짤방 사진을 꺼냈다.

"혹시 이 사진 보신 적 있나요? 작년에 매일신보에 났던 사진이라던데요. 전 사실 여기 세 분을 심층 취재할 계획입니다."

칠성은 마린이 내미는 종이를 뚫어져라 보았다. 마린은 칠성이 잔뜩 눈썹을 찡그린 채 사진을 보자 모르나 보다, 하는 짐작이 들었다. 1분여나 지났을까? 갑자기 칠성이 웃음을 터트렸다. 마린이 흠칫 놀라 왜 그러냐고 물었다.

"여기 가운데 있는 사람이 바로 나요."

칠성이 사진 한가운데 선 여인을 가리키며 말했다.

마린은 믿을 수 없어 짤방을 빼앗듯 돌려받았다. 칠성은 마린이 놀란 얼굴로 사진 속 여인과 자신을 번갈아 확인하는 걸 재밌다는 듯 구경했다.

"그럼 오른쪽에 서 계신 분도 아는 사이세요?"

"암, 알다마다. 내 벗 계옥이오. 현계옥."

마린이 덤비듯 정칠성 소매를 붙들고 늘어졌다.

"이 사진을 찍은 배경에 대해 들려주세요."

칠성이 고개를 갸웃했다.

"매일신보 작년 이 날짜 신문을 찾아보질 않았어요?"

마린이 움찔하는데 칠성이 혼잣말을 했다.

"하긴 이제 갓 잡지 창간호 기사를 위해 뛰어다닌다는 댕기 머리 처녀를 누가 신문사 보관소에 들이겠어."

1년이나 지난 신문을 찾아보자면 결국 그 발행 신문사로 가서 보관 중인 자료를 꺼내 볼 수밖에는 없었다. 하지만 신문사란 그

출입부터가 쉽지 않은 곳이었다. 특히나 《매일신보》는 조선총독부에서 간행하는 기관지였다. 신문사 건물 출입이 엄격히 통제된다는 사실을 마린은 몰라도 칠성은 잘 알고 있었다.

"근데 왜 절 자꾸 댕기 머리 처녀라고 부르시는 거예요? 저는 이렇게 단발인데?"

마린이 찰랑거리는 머리끝을 만지며 물었다.

"머리 모양이야 단발이든 장발이든 말하는 거나 풍기는 인상이 딱 순진한 시골 댕기 머리 같으니까 그리 불러 본 게요. 왜요? 언짢소?"

마린이 생긋 웃으며 칠성을 부추겼다.

"아니요, 전 그냥 무슨 다른 뜻이 있나 했죠. 사진 이야기나 좀 더 해 주세요."

칠성이 설명을 시작했다.

"이 사진은 작년 봄에 매일신보 사회부 기자가 와서 취재하며 찍은 사진이라오. 계옥과 나, 그리고 맨 왼쪽에 서 있는 만수 언니까지 우린 셋이 자주 어울리며 말을 타러 다녔어요."

"나머지 두 분도 기생이세요?"

"우리는 한남 권번에 속한 일패 기생이오."

"저 혹시 독립운동을 하시는 분들을 돕거나 그러진 않고요?"

그 말에 칠성이 말을 멈추고 입술을 깨물었다.

"만세운동이 불같이 일어난 오늘 그런 말을 들으니 생각이 많아

지네요."

칠성은 쪽진 머리채를 손으로 만지작거렸다. 마린은 칠성이 자신의 칠흑같이 검고 윤이 나는 머리채를 아쉬운 듯, 아끼는 듯 어루만지는 모습을 지켜보았다. 만세운동과 긴 머리채가 어떤 관련이 있을까 궁금해지기도 했다. 칠성은 혼자 생각에 빠져 멍하니 방바닥만 내려다보았다. 얼마나 그러고 있었을까? 갑자기 칠성이 숨을 커다랗게 내쉬더니 눈을 바로 떴다.

"기왕에 하는 독립운동이면 나는 억압하는 일체의 것과 투쟁해야겠지."

그 말은 분명 마린에게 건네는 대화가 아니었다. 스스로에게 다짐을 놓는 선언이었다. 마린은 뭐가 뭔지 도통 갈피가 잡히지 않아 고개가 절로 기울었다.

"저, 그런데 승마를 배운 이유가 따로 있을까요?"

"응?"

칠성이 최면에서 깨어나는 것처럼 고개를 들었다. 그리고 눈을 가늘게 뜨고 허공을 바라보았다. 지나간 기억을 되살리느라 정신을 집중하는 모양이었다.

"이 기사가 나가고 오해도 많이 받았지만, 나는 결코 오락적이나 호기심으로만 말 타기를 배운 것이 아니에요. 전부터 활동사진이나 소설을 보면 외국 여자들이 흔히 말을 타고 적지에 나아가서 적군과 싸우는 장면이 나오잖아요. 그네들은 남자 이상으로 활발하고 용감스럽게 싸워서 개선가를 부르기도 하는데 그게 다 꾸며 낸 이야기만은 아닌 것 같았죠. 그런 장면을 볼 때마다 나도 어찌하면 그런 여자들처럼 말도 타고 싸움도 잘해 한번 조선에서 유명한 여장부가 될까 하고 마음이 설렜어요. 그래서 먼저 말 타기부터 배웠지요. 세간에서는 기생이 호화 사치 취미로 말을 탄다며 기자가 와서 취재까지 해 가고 뒷공론을 해 댔어요. 그래도 난 거리낄 게 없었다오. 호탕한 기개를 키우는 데 승마만큼 적합한 운동도 없으니까."

칠성은 긴 설명을 마무리 지었다. 마린은 머리가 복잡해졌다.

'설명은 그럴싸하다만 결국 술과 웃음을 팔아 모은 돈으로 사치 취미를 즐긴 것밖에는 무엇이 있단 말인가.'

마린은 강주룡이 떠올랐다. 가난과 차별에 시달리면서도 꿋꿋하게 동료 직공들을 위해 시위에 앞장섰던 주룡이었다. 운동이니 취미니 하는 단어는 주룡에게 해당 사항이 없으리라. 그런데 지금 칠성은 어떠한가? 아니 벗이라고 당당히 소개한 현계옥이란 기생은 또 어떠한가? 부와 권력을 쥔 사내들을 상대해서 번 돈으로 말을 타고 거들먹거리는 행세나 하고 그걸 또 버젓이 기사로 신문에 광고한 이들이 아닌가. 마린은 역사복원위원회 회의에서 나온 의견들이 떠올라 쓴웃음이 배어 나왔다.

'독립군을 위해 말을 씻는 조력자였다고? 아니 여성의 몸으로 독립군 지휘관이 돼 투쟁에 앞장섰을지도 모른다고?'

마린은 안방 가득 들어찬 휘황찬란한 가구와 가야금을 맥없이 보았다. 적어도 이 방은 나라의 독립을 위해 목숨을 던지는 독립투사들과는 아무런 상관이 없어 보였다.

두 번째 짤방이 떠오른 마린이 칠성에게 물었다.

"현계옥이란 분을 만나게 해 줄 수 있나요? 그분을 취재할까 해서요."

"지금 어디 있는지 몰라요."

"친구라면서요?"

"그러니까요. 나한테까지 숨길 일이라면 필시 곡절이 있지 싶어 안 물어봤어요."

"그럼 두 분 안 만나시는 거예요?"

"글쎄요."

칠성은 애매한 대답을 흘리며 마린의 발목을 이리저리 살폈다.

"세게 밟혀서 부은 것뿐이네요. 뼈가 다치거나 한 것 같진 않소. 다행이구려."

마린은 조심스럽게 발을 움직여 보았다. 찜질 덕분인지 발목을 움직이는 게 훨씬 수월해졌다.

"그럼 이만 가 보겠습니다. 신세가 많았어요."

마린이 일어서자 칠성도 따라 일어섰다.

"벌써 가겠소?"

칠성이 마린을 붙들었다.

"밖에 아직 순사들이 돌아다닐지 몰라요. 날도 저물어 가고 발도 다 안 나았는데 오늘은 그만 여기서 쉬어요."

마린이 고개를 저었다.

"아니요. 이런 날일수록 얼른 집에 가 봐야죠. 다들 걱정하고 있을 거예요."

그 말에 칠성이 붙들었던 소매를 놓았다.

"안녕히 계세요."

마린은 짤막한 인사를 남기고 칠성의 집을 나왔다.

같은 마음, 다른 길

마린은 발목이 시큰거리긴 했지만 걸을 수는 있었다.

"이걸로 원정 임무를 마친 것인가?"

우연일까? 혹은 필연일까? 불시착 덕분에 되레 사진의 주인공을 만나게 됐다. 기적처럼 마주친 짤방 주인공에게 나머지 인물의 신분도 확인했다. 이렇게 되면 짤방 두 장에 대한 수수께끼를 단번에 풀어 버린 셈이다. 당연히 마린의 마음은 뿌듯함으로 가득 차야 했다.

"근데 왜 이렇게 허전하고 찜찜하지?"

마린은 종잡을 수 없는 기분에 휩싸인 채 칠성의 집에서 점점 멀어졌다. 시큰거리는 발목으로 걷자니 자연 걸음이 느려졌다. 서두를 일도 없었다. 마린은 찜찜한 기분이 드는 이유를 찾아내느라 골몰했다. 얼마 즈음 걸었을까? 뒤에서 갑자기 커다란 사내 음성이 들렸다. 돌아보니 칠성의 기와집 앞에 검은 포장 지붕을 한 인력거 한 대가 와 섰다. 마린은 얼른 담 옆으로 숨었다.

"아씨, 인력거 대령이오!"

곧이어 대문이 열리고 옷을 갈아입은 칠성이 인력거에 올라탔다. 칠성은 수수한 무명 치마저고리를 벗어 버리고 하얗고 빳빳한 옷깃이 인상적인 투피스를 입었다. 잠깐 사이에 옷을 갈아입고 외출 준비를 마쳤다는 게 놀라웠다.

"기생이라더니 몸치장은 도사네."

마린이 혼잣말로 중얼거리다 어! 하고 눈이 휘둥그레졌다. 인력거에 올라타는 칠성의 뒷모습이 달라져 있었다.

"머리가!"

칠성의 뒤통수에 붙어 있어야 할 낭자머리가 보이지 않았다. 옥비녀로 단정하게 쪽을 찐 머리 대신 하얗고 기다란 뒷목이 훤하게 드러났다. 칠성의 머리카락은 귀밑 단발로 깔끔했다.

"아니, 그새 머리를 잘랐네?"

마린은 저도 모르게 칠성이 올라타는 인력거 쪽으로 나아갔다.

"마린! 뭐 하시는 거예요?"

"카이, 이상하지 않아?"

"뭐가요?"

마린은 대답 없이 주위를 두리번거렸다. 칠성이 탄 인력거가 멀어지기 시작했다.

"여기! 인력거!"

마린이 마침 큰길가를 지나가는 인력거를 발견하고 손을 들었다. 인력거는 쌩하니 달려와 마린 앞에 섰다.

"저기 저 앞에 가는 인력거를 뒤쫓아 주세요!"

"옙!"

마린을 태운 인력거는 날아갈 듯 달려 금세 칠성의 인력거 뒤에 바짝 붙었다.

"너무 가까워요. 조금만 떨어져서 모르게 따라가세요."

마린이 휘장을 걷고 인력거꾼에게 속삭였다.

"옙!"

건장한 어깨와 두꺼운 종아리를 가진 인력거꾼이 시원시원하게 대답했다.

칠성이 탄 인력거는 종로통을 빠져나와 서대문 쪽을 향했다. 아직 길거리 여기저기서 만세 소리가 들려왔다. 하지만 아까 점심때처럼 인파가 많지는 않았다. 말을 타고 거리를 순시하는 순사도 눈에 띄지 않았다. 서대문을 지나자마자 북악산 쪽으로 방향을 튼 인력거는 한참을 달려 독립문 앞 시장통에 다다랐다.

"헉헉! 다 왔는뎁쇼!"

마린의 인력거가 독립문 앞에 멈추어 섰다. 마린은 휘장을 들추어 밖을 살폈다. 칠성이 내려선 곳은 독립문 바로 옆에 있는 찻집이었다. 간판에 바로크라고 쓰여 있었다.

"품삯으로 얼마 드리면 되죠?"

마린이 묻자 인력거꾼이 손가락 다섯 개를 쫙 폈다.

마린이 주머니에 손을 넣었다. 거기에는 10전짜리 지폐가 다섯 장 들어 있었다.

"수고하셨어요."

마린이 돈을 건네자 인력거꾼 눈이 커다래졌다.

"일 전짜리가 아니라 십 전짜리 지폐인데요?"

마린은 대꾸 없이 찻집 쪽으로 다가갔다. 멍하니 서 있던 인력거꾼은 우히힛 하는 웃음소리와 함께 얼른 인력거를 끌고 사라졌다. 마린은 찻집으로 다가가 살폈다. 2층 건물 1층에 자리 잡은 찻집은 창문 안쪽에 커튼이 달려 있고 작게나마 서양 고전음악 소리가 새어 나왔다.

"다들 대한 독립 만세를 외치며 시위하기 바쁜데 여기는 딴 세상이구먼."

마린은 아까 순사의 몽둥이질을 피해 혼비백산 흩어지던 시위대를 떠올렸다.

"이해할 수가 없네. 분명 감동에 젖어 시위 무리를 쫓아다녔다고 하지 않았나? 그런데 두 시간도 되지 않아서 옷을 말끔히 차려입고 찻집을 들락거리다니."

마린은 도무지 알 수 없는 칠성의 행보에 궁금증만 부풀어 올랐다. 무엇보다 그 치렁치렁하던 머리를 싹둑 자른 이유가 궁금했다.

"카이, 나 찻집에 들어가 봐야겠어."

"거긴 왜 들어가시는데요?"

"정칠성의 단발머리가 심상치 않아서 그래. 내가 머리핀을 만지면 정칠성이 앉은 자리만 감청 시작해 줘."

찻집으로 들어선 마린이 문 바로 옆자리로 가 앉았다. 커다란 화분이 마린의 몸을 가려 주었다. 칠성은 찻집 문 쪽을 바라보며 앉았고 그녀 앞에 여인이 한 명 있었다. 칠성은 정면으로 잘 보였지만 맞은편 이는 등만 보일 뿐이었다. 쪽머리에 꽂은 칠보 비녀와 비단 치마저고리가 그녀를 돋보이게 했다.

"카이, 감청 시작해."

종업원이 커피 잔을 내려놓고 가자마자 마린이 머리핀을 만지며 속삭였다. 카이가 막 대답하려는데 칠성과 여인이 일어섰다. 마린은 기겁을 해서 고개를 숙였다. 두 여인은 나란히 찻집 문을 나섰다. 마린도 따라 일어섰다. 두 여인은 독립문 앞에 선 시장통 안으로 들어갔다. 시장 안은 사람들로 북적였다. 물건을 사고파는 상인과 손님뿐만이 아니었다. 그런 사람들보다 만세시위를 벌이다가 시장으로 들어온 인파가 더 많아 보였다. 삼삼오오 무리 지어 다니며 태극기를 나눠주거나 독립선언서가 인쇄된 종이를 주고받기도 했다. 그러다 여럿이 모이면 금세 대한 독립 만세 소리가 터져 나왔다. 마린은 앞서가는 두 여인을 놓치지 않으려 애를 썼다. 시큰거리는 발목은 안중에도 없었다. 앞에서 이야기 나누는 소리가 들렸다.

"카이! 얼른 저 두 사람이 나누는 대화 녹음해 줘!"

카이가 녹음을 시작하자 말소리가 또렷이 들리기 시작했다. 카이의 선별 녹음 기술은 뛰어났다. 시끄러운 장터 소리와 만세 소리는 모두 삭제된 채 두 여인의 목소리만 선명했다.

"아까 탑골공원에 나가 봤어."

칠성의 목소리였다.

"그래, 만세운동을 본 소회가 어때?"

약간 힘 있고 굵직한 목소리가 물었다.

칠성이 깡총하게 자른 단발머리 밑을 손으로 만졌다.

"이게 그 소회의 결과야."

"너도 참 대단하다. 평생을 길러 온 머리가 단숨에 베어지던?"

굵은 목소리의 주인공이 고개를 옆으로 돌려 칠성의 뒤통수를 보았다. 그 바람에 뒤쫓던 마린의 눈에 여인의 옆얼굴이 보였다.

'어? 혹시?'

잘못 본 게 아니라면 현계옥이 틀림없었다. 짤방 두 장을 수도 없이 들여다본 마린이었다. 비록 흐릿하고 뭉개진 이미지일망정 사진 주인공의 이목구비는 충분히 알아볼 수 있었다. 마린의 짐작을 확인하듯 칠성이 말했다.

"계옥아, 난 결심했어."

"무얼?"

"동백기름에 젖은 머리 탁 베어 던지고 운동가가 되기로 말이야."

"독립운동가?"

"응, 왜놈 통치에서 독립하고 천민이란 신분에서 독립하고 계집이라는 차별에서 독립하는 운동가."

"일체의 억압하는 모든 것에서 독립을 쟁취한다! 멋진 말이군."

계옥이 친구의 선언에 취한 듯 두 팔을 벌렸다.

마린은 입을 벌렸다. 좀 전에 칠성의 안방에서 들었던 말이 고스란히 현계옥의 입에서 흘러나왔기 때문이다.

'이 두 사람 뭐지?'

궁금증에 휩싸인 마린이 두 친구를 바짝 쫓았다.

칠성이 물었다.

"넌 그동안 어디 있었니? 두어 달이나 소식을 안 주어 얼마나 답답했다고."

"바빴어."

"뭐에?"

"오늘 이 함성을 들으려고 안간힘을 썼거든."

칠성이 친구 얼굴을 뚫어져라 쳐다보았다.

"너…, 혹시 만세운동…?"

"쉿!"

계옥이 친구의 입에 손가락을 가져다 댔다.

"한낱 기생 신분으로 할 수 있는 게 무에 있다고."

친구에게 하는 말이라기보다는 스스로에게 던지는 화두 같았다. 계옥은 짤방에서 본 그대로 여장부 스타일이었다. 풍채도 그렇고 목소리도 그렇고 말하는 것도 요염을 떠는 기생과는 거리가 있었다. 잠시 둘 사이에 말이 떴다. 그러다 칠성이 툭 내뱉었다.

"난 권번에서 나올 거야."

"먹고사는 일은 어쩌고?"

칠성은 친구가 묻는 말에 엉뚱한 대답을 했다.

"계옥아, 오늘부터 날 칠성이라고 불러다오. 정칠성. 그게 내 진짜 이름이다."

"진짜 이름?"

"응. 비록 천민 악공의 딸이라 본관도 없는 성씨지만 난 오늘부터 정칠성이야. 기생 금죽이 아니라."

금죽은 쪽머리를 베어 던질 때 같이 죽어 버린 이름이라고 했다.

계옥이 친구의 뒷목을 한번 쓰다듬었다.

"그래, 그럼 칠성아. 기생 그만두면 앞으로 어쩔 셈이야?"

"난 유학 갈 테야. 일본으로 가서 영어도 배우고 신학문도 익혀서 돌아올 거야."

"돌아와서는?"

"독립운동을 할 거야. 아까 잡지 창간을 준비하러 취재 다니는 여기자를 만났지 뭐니. 그네를 보고 있자니 내가 진짜 살고 싶은 삶이 무언지 짚이더구나."

"어떤 삶?"

"사회에 당당한 일원이 돼서 밝은 세상을 만드는 데 한몫하는 삶."

칠성의 말에 계옥이 머리를 끄덕였다.

"배움과 계몽이 독립을 가져온다, 이 말이지?"

칠성이 턱을 주억거렸다.

계옥이 생각난 듯 말했다.

"나도 아까 재밌는 인력거꾼 하나 만났는데."

"재밌는 인력거꾼이라니?"

"아직 채 스물도 안 돼 보이는 청년인데 덕분에 위기를 면했지 뭐야. 그 사람 아니었으면 칠성이 너 보러 오지도 못했을 거야."

칠성이 무슨 일이 있었느냐고 묻자 계옥이 빙그레 웃었다.

"시장통에서 떠들 얘기는 아니야. 나중에 조용한 데서 말해 줄게."

칠성이 알았다며 고개를 끄덕였다.

계옥이 친구 어깨에 손을 얹었다.

"너는 전부터 글재주가 좋고 웅변에도 능한 달변가니까 신식 교육자가 돼도 어울리겠다."

칠성이 고개를 떨어트렸다.

"말이 쉽지, 사실 기생이 선생 된다면 뭐라 그러겠니. 세상이 거꾸로 뒤집혔다고 할걸."

계옥이 코웃음을 치며 뇌까렸다.

"무슨 상관이야. 세상은 이미 거꾸로 가고 있는데."

칠성도 쓴웃음을 물며 대꾸했다.

"하긴 사람으로 태어난 게 먼저지 기생으로 태어난 게 먼저는 아니니까. 사람 노릇 좀 실컷 해 보다 죽고 싶어."

두 친구 사이에 잠시 침묵이 흘렀다. 마린은 두 친구가 나누는 대화를 들으며 첫 번째 쌀방을 떠올렸다.

'고급 사치에 지나지 않는다는 나의 결론이 전부가 아닐 수도 있겠구나.'

마린은 섣부른 자신의 판단에 후회가 들었다. 탐사 대상의 신분을 가지고 편견과 오해를 당연하게 여겼던 스스로가 부끄러워졌다.

계옥이 입을 뗐다.

"동무야, 우리는 같은 마음을 가지고 다른 길로 가게 될 거 같아."

"무슨 뜻이야?"

"넌 신학문과 계몽운동이 조선 독립을 가져올 거라고 믿고 있지. 난 그것보다는 좀 더 직접적이고 효과적인 방법을 찾을 거야."

마린은 계옥이 구상하는 계획이 무언지 궁금해졌다. 칠성이 대신 물어봐 주기를 은근히 기대했다. 하지만 칠성은 친구의 말을 듣기만 했다. 어쩌면 칠성은 이미 계옥의 심중을 꿰뚫고 있는지도 몰랐다.

두 친구는 어느새 시장 어귀까지 다다랐다. 시장 앞 큰길은 남대문역(지금의 서울역)으로 곧장 이어졌다.

"일본 유학 무사히 다녀와."

"어디서 무얼 하든 몸 건강히 지내야 한다."

두 친구는 큰길가에서 작별인사를 나눈 뒤 헤어졌다.

마린은 서로에게서 멀어지는 두 여인을 번갈아 보며 말했다.

"그것 봐, 카이. 내 예상이 맞았지?"

"뭐가요?"

"정칠성을 뒤쫓으니 현계옥의 실물까지 확인했잖아."

"예. 남은 건 본대 귀환입니다."

"알았어! 야단치듯 말하지 좀 마. 지금 타임 슬립 할 장소 찾을 테니까."

마린은 여기저기 헤매다 막다른 골목 구석에 가 섰다.

"사람 없는 거 확인했으니까. 카이! 프록시마 원정대 본부로 출발!"

원정대 본부 마리우스 박사 연구실, 마린 둘레로 노을이와 장경은 위원장, 마리우스, 피코, 소피아 박사가 서 있었다. 피코 박사는 마린이 타임 슬립을 한 후 부랴부랴 본부로 왔고 안토니오 박사는 강연 일정 때문에 출장 중이었다.

마린을 둘러싼 사람들의 표정은 하나같이 무거웠다. 노을은 짐짓 화난 표정으로 입을 꾹 다물고 있었다.

"노을아, 너 방사능 배출 다 끝냈니?"

마린이 묻자 노을이 발끈했다.

"말 엉뚱한 데로 돌리지 마. 폭력 진압이 난무하는 시위에 휩쓸렸으면 당장 돌아와야지, 거기서 뛰어다니면 어떡해!"

마린이 어깨를 들썩거렸다.

"어쨌든 무사히 돌아왔잖아."

마리우스 박사가 이마에 손을 짚었다.

"도저히 알 수가 없군. 왜 또 시공간 오류가 난 거지? 이 세대는 특별히 그 점을 보완하기 위해 업그레이드한 버전인데."

마린이 얼른 맞장구쳤다.

"그러니까요. 운 좋게 짤방 주인공들을 만났으니 망정이지, 만약 노을이가 그 상황에 빠졌다면…, 어휴."

마린이 생각만 해도 아찔하다며 너스레를 떨었다.

"누나, 그 말은 무슨 뜻이야?"

"무슨 뜻이긴. 넌 이번에 타임 슬립을 안 해도 된다는 거지."

노을이 펄쩍 뛰었다.

"내가 왜 탐사를 안 가? 내가 조사해야 할 짤방이 분명 정해져 있는데?"

"누나가 현계옥이란 인물을 확인하고 왔으니 네가 또 갈 필요가 없어진 거지."

노을이 마리우스 박사를 향해 황당한 표정을 지었다.

"박사님! 누나 말대로 하실 건가요?"

마리우스 박사가 턱을 만지작거렸다.

"마린 대원 말대로 짤방 속 주인공들이 전부 확인됐으니 이 차 원정 프로젝트는 여기서 마무리해도 무방하지 싶네."

노을이 반박하고 나섰다.

"하지만 정칠성과 현계옥의 대화를 모두 들으셨잖아요. 이 사람들이 그 후 어떻게 됐는지 궁금하지 않으세요?"

마린이 동생을 말렸다.

"노을아, 나도 그 뒷이야기가 궁금해. 하지만 원정대 파견 목적은 짤방 속 내용을 파악하는 것이 전부야. 그 앞뒤로 벌어지는 역사적 사건을 모두 아우르기에는 한계가 있다고. 물론 체류 기간이 한 달로 늘어난 것도 사실이지만 아직 불시착 오류가 완전히 해소되지 않았어. 네 입장에서는 대원으로 선발되고 첫 탐사가 흐지부지돼 버리는 게 안타깝겠지만 어쩌겠니. 마리우스 박사님께서 케이스타를 다시 손보시고 시공간 오류에 대한 문제가 완벽히 해결되면 그때 출정해도 늦지 않아."

마린은 노을이 아닌 장 위원장과 마리우스 박사를 쳐다보았다. 자신의 말에 힘을 실어 달라고 호소하는 눈빛이었다.

이 모든 상황을 지켜보던 장 위원장이 천천히 입을 열었다.

"시공간 오류에 의한 불시착 상황에서도 침착한 대응으로 성과를 올린 정마린 대원에게 박수를 보냅니다. 마린 대원의 의견대로 이번 원정은 그 목적이 달성된 것으로 판단됩니다. 짤방 두 개의 주인공이 일제강점기 기생이었다는 사실이 밝혀졌습니다. 감사의 인사를 전합니다. 이것으로써 이 차 원정 프로젝트는 종료….”

“잠깐만요!”

노을이 정 위원장의 종료 선언을 가로막았다.

“현계옥을 기생이라는 신분으로만 한정 지어 결론 내리는 것에 반대합니다. 성급하고 편협한 오해라고 생각합니다.”

마린이 답답하다는 듯 이마를 찡그렸다.

“노을아, 무슨 소리야. 내가 분명 당사자들 입으로 한 얘기를 확인하고 왔는데. 너도 탐사 전체 녹음 기록을 들었을 거 아니야.”

노을은 마린의 말은 들리지도 않는다는 듯 머리를 저었다.

“현계옥의 정체를 밝히고 싶습니다. 기생에서 다른 길로 나아가겠다고, 독립운동의 직접적이며 효과 있는 방법을 모색하겠다는 그녀의 발언을 확인하고 싶습니다. 피코 박사님이 해석해 주신 기사도 그녀가 단순한 기생 신분에 머무르지 않았음을 보여 주고 있습니다. 저는 이런 증거들을 무시하며 탐사를 종료해서는 안 된다고 생각합니다.”

마리우스 박사가 끙 소리를 내며 고민에 빠져들었다. 피코와 소피아 박사도 팔짱을 꼈다. 노을의 주장이 타당했기 때문이다. 노을이 심호흡을 한 번 한 뒤 계속했다.

“짤방을 보고 난 후 기생의 역사에 대해 찾아봤습니다. 기녀라는 직업과 신분을 들여다보면 볼수록 차별과 착취, 배제가 난무한 지구인 세상을 알게 되더군요. 마음이 무거웠습니다. 좀 더 노골적으로 말씀드리면 환멸과 갈등에 빠져들었습니다. 적어도 여성에게 그 시대는 이중 삼중의 억압과 차별이 존재했더군요. 이래서 헬조선이라고 불렸나 싶었습니다."

마린이 끼어들었다.

"강주룡 님은 그런 환경에서도 훌륭히 사신 분이야. 그런 여성도 있었어."

"누나 말이 옳아. 그래서 하는 말이야. 이번에 가서 확인한 것이 전부는 아닐 거야. 천구백이십오 년으로 가서 사진 속 여인의 당당한 태도를 추적해 보고 싶어. 천구백십구 년에 현계옥은 만세운동에 참여하지 않은 채 어디론가 사라졌다 나타났다고 했잖아. 그럼 그 후로 칠 년이 지난 현계옥은 어떤 모습을 하고 있는지 밝히고 싶어."

그리고 숨을 고르더니 마린에게 한마디 던졌다.

"누나는 얼른 센터 가서 물약이나 받아. 방사능 배출도 안 한 채 이리저리 도망만 다니지 말고."

마린은 볼이 발개졌다.

노을이 마리우스 박사를 쳐다보았다.

"박사님, 전 시공간 오류 같은 거 하나도 겁나지 않아요. 케이스타 이 세대는 하나의 프로젝트에서 각 대원이 세 번까지 타임 슬립 할 수 있게 진화시켜 놓으셨잖아요. 만약 엉뚱한 시간대와 장소에 떨어진다 해도 다시 돌아와서 재시도하면 그뿐이니까 마음 놓으세요."

마리우스 박사가 오른손 검지를 들고 말했다.

"하지만 누나처럼 귀환 명령을 어기는 일은 두 번 다시 없어야 하네."

노을이 경례를 척 붙이며 대답했다.

"옛! 절대 그런 일 없도록 하겠습니다."

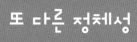

또 다른 정체성

며칠이 흘렀다. 그사이 마린은 방사능을 배출하느라 고역을 치렀고 노을은 첫 번째 출정을 준비하느라 분주했다. 드디어 출정하는 날, 노을이 거대한 케이스타 앞에 우뚝 서서 말했다.

"박사님, 케이스타의 타임 슬립 시간대 설정을 재조정해 주십시오."

케이스타 조종 컴퓨터의 계기판을 작동시키던 레몬티가 머리를 들었다.

"두 번째 짤방 날짜는 천구백이십오 년 십일월 칠 일입니다."

마리우스 박사가 천천히 돌아서며 물었다.

"언제로 해 달라는 말이지?"

"천구백십구 년 삼월 일 일입니다."

마리우스 박사가 고개를 갸우뚱했다.

"그날은 이미 마린 대원이 탐사를 했네. 위원회에 보고서까지 제출 완료했고."

"네, 저도 알고 있습니다. 그런데 두 번째 짤방 주인공인 현계옥의 실체를 밝히기 위해서 저 또한 그날로 가야 하겠습니다."

마리우스 박사가 턱을 만지며 음, 소리를 냈다.

"시위 한복판에 떨어져 현계옥이란 인물을 어떻게 찾아내겠나."

노을이 자신만만하게 대답했다.

"타임 슬립 장소를 청진동 백십사 번지 앞으로 해 주십시오."

"청진동 백십사 번지? 거기가 어딘가?"

"현계옥 님이 살고 있는 집 주소입니다."

"아니 자네가 그걸 어떻게 알아냈나?"

"누나가 녹음한 파일에서 들었습니다. 파일 중 맨 마지막 부분에 나옵니다."

레몬티가 재바르게 녹음 파일을 재생시켰다.

계옥과 칠성의 목소리가 케이스타 본부 안에 맑게 울렸다.

"계옥아, 너 어디로 가니?"

"우선 집으로 가서 정리할 게 있어."

곧이어 인력거 하고 부르는 계옥의 목소리가 들렸다.

"청진동 백십사 번지로 가 주세요."

여기까지 들은 노을이 레몬티를 보며 싱긋 웃었다.

"시간은 오전 일곱 시로 해 줘."

노을에게는 두 번째 시공간 이동이었다. 지난번엔 절체절명의 누나를 구하려고 경황도 없이 센딩팟에 올랐다. 하지만 이번에는 다르다. 헬조선 원정대의 정식 대원이 돼 첫 번째 임무를 수행하기 위해 출정하는 순간이었다.

"정노을 대원 준비됐습니까?"

레몬티가 마지막 초읽기를 하기 전 노을에게 물었다. 노을이 옛, 하고 절도 있게 응답하는 순간 센딩팟이 눈부신 빛에 휩싸였다.

노을은 몸이 붕 뜨는 것 같았지만 눈을 뜰 수가 없었다. 하얗게 쏟아지는 빛 때문이었다. 그러다 갑자기 어디론가 털썩 떨어졌다.

"어이쿠! 여기가 어디야?"

노을이 도착한 곳은 검은 기와지붕이 이마를 맞대고 늘어선 주택가 골목이었다. 아침 햇살은 맑고 투명했으나 담벼락 사이로 서성이는 바람이 쌀쌀했다. 노을이 얼른 몸에 걸친 옷을 살펴보았다. 센딩팟에 설 때만 해도 제복을 입고 있었다. 그러나 흙먼지가 풀풀 나는 청진동 골목에 서 있는 노을은 무명으로 된 바지저고리 차림이었다. 발에는 역사 시간에 봤던 짚신이 걸쳐 있었다. 짚신 신은 발에 헝겊 끈을 칭칭 동여맸다. 머리에도 수건이 질끈 매여 있었다.

"이 차림새는 뭐지? 노동자 복장인가?"

노을이 일어서려다 휘청거렸다. 방금 한 타임 슬립 여파로 멀미를 하는 듯했다. 한쪽으로 기운 몸이 무언가 커다란 물건에 부딪혔다. 쿵 소리와 함께 쇳덩이가 흔들렸다.

"엄마야, 이건 또 뭐야?"

커다란 바퀴가 달린 인력거였다. 검은 천으로 된 지붕과 좌석 앞을 가리는 휘장이 늘어져 있었다. 휘장 뒤로 붉은색 벨벳 천으로 감싼 의자가 보였다. 그 앞으로 기다란 손잡이가 쭉 뻗어 그 모양새가 제법 근사했다.

"인력거라는 교통수단이 바로 이거구나."

노을은 호기심과 흥미가 잔뜩 어린 손으로 인력거를 쓰다듬었다.

"여기다 사람까지 태우고 달렸단 말이지?"

노을이 손잡이를 끌어 보았다. 둔중한 무게감이 느껴졌다.

"건장한 성인 남자래도 한 시간을 채 못 끌 것 같은데…."

중얼거리던 노을이 카이를 불렀다.

"잠깐! 카이, 지금 나보고 이 인력거를 끌라는 말은 아니겠지?"

"왜 아닙니까. 이 시대에 잠복 탐사를 하기에는 인력거꾼만 한 직업이 없습니다."

"누가 그래?"

"음…, 제 빅데이터 분석에 의한 알고리즘 시뮬레이션에서 나온 결과입니다.”

“아, 그러셔.”

노을이 빳빳해진 입술 사이로 숨을 뿜어내는데 맞은편 기와집 대문이 삐걱하고 열렸다. 대문으로 나온 여인이 노을을 향해 손을 들었다.

“인력거!”

노을은 여인의 얼굴을 확인하고는 온몸이 얼어붙는 것 같았다. 왼팔에 기다란 천 가방을 끼고 오른손을 번쩍 든 여인은 다름 아닌 현계옥이었다. 마린처럼 노을도 그녀를 단번에 알아볼 수 있었다. 계옥은 수수하지만 깔끔한 치마저고리 차림이었다. 옆구리에 끼고 서 있는 가방은 그 모양새가 가야금처럼 폭이 좁고 기다랬다.

“예! 갑니다.”

노을은 망설일 틈도 없이 인력거를 계옥 앞에 끌어다 댔다.

계옥은 가뿐한 몸짓으로 인력거에 올라탔다.

“익선동 만복(萬福)으로 가 주세요.”

노을은 순간 멈칫했다. 인력거와 옷차림은 케이스타 신세를 졌다고 치자. 하지만 1919년 헬조선 수도 경성의 지리는 알 턱이 없었다. 노을이 우물쭈물 대답을 못 하자 계옥이 다시 말했다.

“익선동에 있는 청요릿집 만복이라고요. 급하니 바삐 가 주세요.”

계옥은 인력거꾼이 자신의 말을 못 들은 걸로 생각한 모양이었다.

“예, 부리나케 모셔다 드리겠습니다.”

더 이상 주춤거렸다간 계옥이 다른 인력거를 부를 것 같았다. 노을은 얼른 인력거 손잡이를 잡았다.

"잠깐!"

인력거가 막 출발하려는데 계옥이 노을을 불렀다.

"가야금 때문에 그러니 지붕 좀 내리고 갑시다."

계옥이 손가락으로 가리키는 지붕 아래로 가야금 가방이 어색하게 비껴 있었다.

노을은 얼른 지붕을 접어 내렸다. 지붕을 내리자 자연이 휘장도 젖혀져서 인력거에 탄 계옥이 훤히 드러났다.

"자, 그럼 출발합니다."

노을이 천천히 앞으로 내딛기 시작했다.

"카이, 이제 어쩌지? 익선동이 어디고 만복은 또 뭐야?"

노을은 입속말로 카이를 불렀다. 다행히 인력거 바퀴 구르는 소리 때문에 계옥의 귀에는 들리지 않았다.

"만복은 천구백십구 년 당시 유명한 중국 음식점 상호입니다. 거기까지 가는 길은 제가 안내해 드립니다."

카이의 말이 끝나자마자 노을 눈앞에 증강 현실 내비게이션이 환하게 펼쳐졌다. 내비게이션은 노을의 인력거가 지나는 길의 이름부터 늘어선 건물의 이름까지 꼼꼼히 안내했다.

"제가 설마 이 정도도 준비 안 하고 노을 도련님을 인력거꾼으로 만들었겠어요?"

카이가 득의만만한 목소리로 생색을 냈다.

노을이 볼멘소리를 했다.

"내비게이션 성능은 좋다만 이 무거운 걸 끌고 몇 분이나 더 갈 수 있을지 모르겠다."

"걱정 마세요. 자기장 센서를 이용해 도련님이 이끄는 대로 달 릴 테니까요. 하나도 힘 안 드실 거예요."

그러고 보니 낯선 물건을 끌고 낯선 거리를 달린다는 기분에 발 걸음이 무거웠을 뿐 손잡이에 실리는 인력거 무게는 가벼웠다. 노 을은 그제야 마음을 놓고 힘차게 발을 내디뎠다. 시간이 흐를수록 노을은 신이 났다. 모든 게 계획대로 순조롭게 이루어지는 중이었 다. 정확한 날짜와 시간에 계옥의 집 앞으로 무사히 타임 슬립 한 것이 첫 번째 안도였다. 두 번째는 계옥의 집을 두드리지 않아도 계옥이 나와 인력거를 찾았다는 점이었다. 너무나 자연스러운 흐 름에 노을은 한껏 희망에 부풀었다.

'누나가 강주룡에 대한 깊은 이해와 공감을 이루어 냈듯이 나 역시 현계옥의 비밀을 파헤쳐 보겠단 말씀이지!'

노을은 광화문 아래 을지로 대로변을 경쾌하게 달렸다. 그러면 서 1919년 경성 거리를 실컷 구경했다.

"어! 어! 조심해야지!"

노을이 잠깐 한눈을 파는 사이, 길을 건너던 행인이 인력거와 부딪힐 뻔했다. 노을은 깜짝 놀라 급정거를 했다. 행인은 고개를 숙이는 노을을 보더니 별말 없이 지나갔다. 노을이 얼른 뒤를 돌아보았다. 의자에 앉아 있는 계옥이 혹시나 다치지 않았을까 걱정이 됐다.

"내가 재촉하는 바람에 너무 급히 달리는군요. 여기서부터는 천천히 가세요."

계옥이 꼿꼿이 앉은 채 말했다. 그녀는 인력거가 출발하고 내내 등받이에 등을 기대지 않은 채 허리를 세우고 앉아 있었다. 노을이 거리를 지나다 보니 손님을 태우고 달리는 인력거들은 대부분 휘장 지붕을 내린 채였다. 그 때문에 안에 있는 손님 얼굴이 보이지 않았다. 하지만 계옥은 밝은 햇살 아래 당당히 얼굴을 내놓았다. 물론 기다란 가야금을 같이 태우자니 지붕이 걸리는 탓도 있으리라. 그러나 이른 봄바람을 맞으며 을지로네거리를 달리는 계옥은 개선장군처럼 늠름한 자세를 흐트러뜨리지 않았다.

"예, 분부대로 합죠."

노을이 다시 인력거를 끌기 시작했다. 여유가 생긴 노을이 힐끗 뒤를 돌아보았다.

"이른 아침부터 연주회를 여십니까?"

"연주회? 아, 이걸 보고 하는 말이로군요."

계옥이 싱긋 웃더니 더 말이 없었다.

노을은 의아한 마음이 들었다. 조금 이따 정오가 되면 탑골공원에서는 만세시위가 시작된다. 그런데 계옥은 가야금을 옆구리에 끼고 아침부터 요릿집으로 출근을 하다니, 이상했다.

"연주회는 언제 즈음 마치십니까?"

노을이 묻자 계옥이 눈썹을 살짝 찡그렸다.

"그런 건 왜 묻죠?"

"끝마치시는 시간에 맞춰서 인력거 대기시켜 놓으려고요."

"내가 일 끝나고 다시 인력거 부를 거라고 누가 그러던가요?"

계옥이 콕 찌르듯 묻자 노을이 태연스럽게 대답했다.

"가야금을 들고 댁으로 돌아가시려면 인력거가 필요하겠다 싶어서 제 마음대로 넘겨짚었습니다."

그제야 계옥이 대답했다.

"일은 이따 정오 전에 마칠 것 같긴 한데, 아무래도 인력거를 탈일은 없을 거 같아요."

"정오 전에 마치신다니 다행입니다. 아무쪼록 오늘은 오전에만일 보시고 바로 집으로 가 계세요."

노을의 말에 계옥의 눈빛이 날카로워졌다.

"무슨 뜻이지요? 왜 정오 전에 집에 돌아가야 하죠?"

노을이 앞을 보고 달리며 대답했다.

"어제 꿈자리가 좀 뒤숭숭해서 그럽니다."

"꿈자리?"

"예, 오늘 꼭 무슨 일이 일어날 것 같은 예감이랄까요."

계옥이 차갑게 내뱉었다.

"참 이상한 청년이네. 일은 무슨 일이 일어난다고 그래요?"

노을은 답답함이 차오르는 속내를 감추느라 속도를 더 냈다. 지금 막 카이가 역사 불간섭 원칙을 상기시켜 주었기 때문이다.

"노을 도련님, 앞으로 일어날 일을 과거 사람에게 미리 알려 주시는 것은 원정대 원칙에 어긋나는 중대 실책입니다."

"알아, 나도!"

노을이 씹어 삼키듯 대답을 하며 익선동 골목으로 들어섰다. 만복은 붉은 기둥과 화려한 등롱이 특색인 청요릿집이었다.

"수고했어요. 여기 품삯."

계옥이 노을에게 5전짜리 지폐 한 장을 건네주고 요릿집 안으로 들어갔다. 노을은 뒤도 안 돌아보고 안으로 사라지는 계옥의 뒤통수를 보다 자리에 털썩 주저앉았다. 카이가 물었다.

"이제 어떻게 하실 거예요?"

"현계옥 님이 다시 나올 때까지 기다릴 거야."

"아까 인력거 탈 일 없을 거라고 그랬잖아요."

"오늘 하루는 밀착 수행할 거야. 그래야 무슨 단서라도 얻지."

시간이 지루하게 흘렀다. 노을이 요릿집 맞은편 담벼락에 기대앉은 사이 요릿집으로 손님들이 들락날락 바쁘게 오갔다. 한참 조용히 있던 카이가 조심스럽게 물었다.

"영 안 나오는데 어떡하죠?"

노을은 대답 없이 그저 멀거니 있을 뿐이었다.

"언제까지 맥 놓고 앉아만 있을 거예요?"

카이가 재우쳐 물었다.

"예?"

카이가 한 번 더 채근하는데 노을이 불쑥 말을 꺼냈다.

"카이, 좀 이상하지 않아?"

"뭐가요?"

"만복에 들어갔다 나오는 손님들 말이야. 저마다 들어갈 때는 빈손으로 들어갔거든."

"그거야 음식점에 밥 먹으러 온 사람들이 뭘 싸 들고 오겠어요?"

"근데 나올 때는 종이봉투나 가방, 그것도 아니면 보퉁이를 들고 나온단 말이지."

"예? 그거야…."

카이는 남은 음식 싸가는 것이겠지요, 하려다 멈칫했다. 그런 바보 같은 대답을 내놓을 정도로 성능이 떨어지진 않았다. 노을이 마른침을 삼키며 요릿집 대문을 뚫어지라 쳐다보았다.

"뭔가 있어. 아까 가야금 가방처럼 보였던 거 말이야. 그 안에 진짜 악기가 들었을까?"

"예?"

"난 처음에 이 시대는 아침부터 외식하러 다니는 사람이 많구나 하고 신기해 하고 있었거든. 근데 계속 보니까 저마다 들어갔다 나오는 시간도 너무 짧고 뭘 하나씩 들고 나온다는 거지. 마치 음식점에서 짐 하나씩을 찾아가지고 나오는 표정들이란 말이야."

카이가 노을의 예리한 관찰력을 칭찬하는 대답을 하려는데 때마침 계옥이 밖으로 나왔다. 노을이 용수철 튕기듯 벌떡 일어섰다.

"일 다 보셨습니까?"

"어머! 아직 안 가고 있었어요?"

계옥이 노을을 보자 살짝 반가운 기색을 했다. 노을은 그 표정에 용기를 얻어 다가갔다. 왼팔에 들려 있어야 할 가야금이 온데간데없었다.

"요릿집에 악기 두고 나오셨어요?"

"무슨 악기?"

웬일인지 계옥이 시치미를 뗐다. 순간 노을의 표정이 차갑게 굳었다.

"아까 들고 타신 물건 가야금 아니죠?"

그 말에 이번에는 계옥의 얼굴이 굳었다.

"왜 날 기다린 거죠?"

계옥이 한 걸음 다가서며 또박또박 끊어 말했다.

노을은 진지해지는 계옥을 보며 잠깐 멈칫하다 바로 눙치는 웃음을 웃었다.

"헤헤, 어젯밤 꿈이 영 신통치를 않더니 손님이 없네요. 그러니 별 수 있습니까. 단골이나 만들 셈 치고 기다렸습죠."

그러나 계옥은 넘어가 주지 않았다. 그녀는 조금 전 가야금 행방을 물으며 보였던 노을의 심상치 않은 눈빛을 간과할 만큼 허술하지 않았다. 찰나의 순간이지만 계옥은 직감적으로 노을이 품고 있는 의구심을 간파한 듯했고, 오히려 노을의 정체를 헤아리기 위해 집중하는 모습이었다. 한편 노을은 자신의 미숙한 언행을 자책했다. 계옥이 요릿집을 나오자마자 덤비듯 물어본 행동이 성급했다. 큰소리 탕탕 치며 온 원정이건만 첫걸음부터 패착이었다. 계옥이 눈 하나 깜짝하지 않고 노려보자 노을은 거짓 웃음을 거두고 시무룩해져 고개를 떨어트렸다.

"저는 다만 중요한 물건을 두고 나오신 것 같아 아는 체한다는 게 그만⋯."

노을이 들릴락 말락 웅얼거리며 돌멩이를 툭 찼다. 계옥은 어눌하기 짝이 없고 순진한 티가 줄줄 흐르는 소년을 물끄러미 바라보다 품에서 종이 두 장을 꺼냈다.

"자! 받아요."

노을은 계옥이 내미는 종이를 받아 펼쳐 보다 화들짝 놀랐다. 그것은 독립선언서 인쇄물과 손으로 그린 태극기였다.

"뭡니까, 이게!"

"아까 낙원동으로 오면서 날 걱정해 주었지요? 이게 그 보답이에요."

"보답이라뇨?"

"잠시 후에 탑골공원에서 큰 행사가 시작될 테니 인력거를 끌고 남대문역으로 가든 진고개로 가든, 어서 종로를 떠나세요."

노을의 가슴에 기쁨의 빛이 가득 찼다.

'내 짐작이 틀리지 않았어. 현계옥은 기생이 아니라 독립운동가였어.'

계옥이 노을을 재촉했다.

"여기서 머뭇거려 봐야 오늘은 손님 만나기 어려울 거예요. 그러니 어서!"

태극기와 선언서에 용기를 얻은 노을이 물었다.

"그럼 아침 일찍 요릿집으로 오신 이유도 이와 연관이 있습니까?"

잠시 망설이던 계옥이 결심한 듯 입을 열었다.

"맞아요. 가방에 들었던 건 악기가 아니라 태극기와 독립선언서였어요."

만복에 들른 사람들은 음식 대신 계옥이 나눠주는 태극기와 선언서를 챙겨 나온 것이다.

"자, 난 탑골공원 팔각정으로 가 봐야 해요. 부디 몸조심하세요."

계옥은 골목 밖으로 발길을 돌렸다. 노을은 자석에 이끌리듯 계옥을 따라 걷기 시작했다. 그러면서 한자로 빼곡한 독립선언서를 눈앞에 펼쳐 들었다.

"카이, 이 문서 좀 해석해 봐."

곧 카이의 낭랑한 말소리가 들렸다.

"우리는 오늘 조선이 독립한 나라이며, 조선인이 이 나라의 주인임을 선언한다. 우리는 이를 세계 모든 나라에 알려 인류가 모두 평등하다는 큰 뜻을 분명히 하고, 우리 후손이 민족 스스로 살아갈 정당한 권리를 영원히 누리게 할 것이다. 이 선언은 오천 년 동안 이어 온 우리 역사의 힘으로 하는 것이며…."

노을은 독립선언서 내용을 빠짐없이 들으며 걸었다. 한 걸음 한 걸음 나아갈 때마다 가슴이 벅차올랐다. 시민혁명으로 민족과 국가의 독립을 쟁취한다는 뜻은 얼마나 이상적인가. 비폭력을 무기로 삼아 자신들을 억압하는 적과 맞서 싸워 자유를 쟁취하겠다는 의지는 얼마나 숭고한가. 19세기 조선은 분명 중세적 봉건 국가였다. 왕을 정점으로 하는 신분 계급 차별과 성차별, 지위에 따라 권위를 내세우고 권력을 가진 존재일수록 책임은 희미하고 권리만 무성한 전근대 왕국이었다. 그러나 20세기가 되고 20년도 채 되지 않아 한민족은 백성에서 시민으로 거듭 태어났다. 카이는 헬조선에 살았던 선조에 대한 경외감으로 가슴이 떨렸다.

'내가 이런 인류사에 기념비적인 현장에 와 있다니!'

카이가 선언서의 마지막 문장을 읽는데 노을이 앞서가던 계옥의 소매를 움켜잡았다.

"당신 누구십니까?"

계옥이 깜짝 놀라 돌아섰다.

"누구신데 이런 유인물을 사람들에게 나눠주는 겁니까?"

계옥은 멈춰 서서 노을의 얼굴을 찬찬히 뜯어보았다. 노을은 그녀의 눈길을 피하지 않고 마주 보았다. 계옥은 노을 손에 들린 독립선언서와 노을의 표정을 번갈아 보더니 입을 동그랗게 벌렸다.

"그새 선언서를 다 읽었어요? 어려운 한자가 많았을 텐데?"

노을이 발을 굴렀다.

"아까부터 왜 자꾸 묻는 말에 대답은 안 하고 딴소리만 하십니까?"

계옥이 풋 웃음을 터트렸다.

"고등계 형사라도 되십니까? 취조하는 것도 아닌데 묻는 말에 꼬박꼬박 대꾸 안 했다고 꾸짖게요?"

계옥이 능수능란하게 노을의 공격을 피해 넘겼다. 주사를 부리는 손님을 노련하게 다루는 솜씨 같았다. 노을은 계옥이 생긋 웃으며 자신의 화를 받아넘기자 김이 빠져 버렸다. 그때, 저쪽 길가에서 한 중절모 신사가 소리를 질렀다.

"어이! 인력거!"

하지만 노을은 그 소리가 들리지 않았다. 계옥이 손을 들어 신사를 가리켰다.

"손님이 부르잖아요. 안 가요? 조금 전까지 손님 없다고 한걱정이더니."

노을은 망설임 끝에 에잇 하고 돌아섰다.

"얘기 아직 다 안 끝났으니 좀 이따 다시 봬요!"

노을이 멀어지는 계옥을 향해 소리쳤다. 계옥은 힐끗 돌아보며 웃을 뿐 대답이 없었다.

"남대문역으로 빨리 좀 갑시다."

노을이 중절모 손님을 부리나케 남대문역에 내려 주고 다시 종로로 돌아왔다. 그사이 거리에는 흰옷을 입은 사람들이 꾸역꾸역 모였다. 공원 안에는 이미 사각모와 교복을 차려입은 학생들이 들어찼다. 시간은 이미 정오를 넘어 오후 1시를 지나고 있었다. 노을은 인력거를 만복 요릿집 담벼락에 기대 세워 놓고 계옥을 찾아다녔다. 사람들을 헤치고 다니며 계옥이 입은 치마저고리 색깔을 떠올렸다. 사람들은 무슨 축제에 온 구경꾼들처럼 들떠 있었다. 각기 손에 태극기 아니면 독립선언서, 그것도 아니면 검은 먹으로 '대한 독립' 네 글자를 쓴 천 조각을 들고 있었다.

노을은 탑골공원 안으로 들어가 팔각정 주변을 살피다 계옥을 발견했다. 계옥은 정자 오른편 댓돌 아래에 서서 사람들과 이야기가 한창이었다.

"이렇게 된 이상 민족대표들을 기다릴 수는 없습니다. 우리 중 누군가 단상에 올라 낭독을 합시다."

얼굴이 벌겋게 상기된 남학생이 주먹을 부르쥐자 둘러선 학생들이 일제히 손뼉을 쳤다. 그와 동시에 교복에 정재용이라는 이름표를 단 학생이 팔각정 단상 위로 뛰어올랐다.

"우리는 이에 우리 조선이 독립한 나라임과 조선 사람이 자주적인 민족임을 선언한다. 이로써….'

청명하고도 우렁찬 목소리가 탑골공원을 넘어 종로 거리로 울려 퍼졌다. 시끌벅적하게 떠들던 사람들이 삽시간에 입을 다물고 낭독을 경청했다. 노을은 온몸에 전율이 흘렀다. 프록시마인으로 태어나 그동안 노을이 겪고 본 것은 거의 대부분 홀로그램, 동영상, 3차원 입체 그래픽으로 된 가상현실이었다. 척박하고 메마른 프록시마에서 지구 출신의 인간이 누릴 수 있는 환경이란 고작 그런 게 다였다. 그나마 과학의 힘을 빌려서라도 자연에 둘러싸인 것처럼 느낄 수 있다는 사실에 감사함을 느끼며 자랐다. 그러나 지금 노을을 둘러싸고 벌어지고 있는 장면은 급이 다르고 격이 다른 현실이었다. 독립선언서 낭독이 끝나자마자 만세 소리가 천지를 진동했다. 노을은 설명할 수 없는 충격에 빠져들었다.

계옥은 만세 소리가 들불처럼 번지는 종로 거리를 차분한 얼굴로 지켜보다 슬그머니 공원 옆문으로 빠져나갔다. 노을은 시위를 구경하다 계옥을 놓치고 말았다.

"어! 어디 갔지?"

노을이 두리번거렸으나 밀려드는 만세꾼 무리에 가려 코앞도 안 보일 지경이었다. 이 북새통 한가운데에서 계옥을 찾아내는 건 짚더미 속에서 바늘을 찾는 것과 마찬가지였다. 실망에 찬 노을이 인력거가 세워진 요릿집으로 터덜터덜 걸어 들어가다 발걸음을 멈추었다.

"앗!"

거기에 계옥이 서 있었다. 계옥은 굳게 닫힌 요릿집 대문을 두드리다 노을이 오는 것을 보자 손을 멈췄다. 그녀의 얼굴엔 초조함이 잔뜩 서려 있었다.

노을이 다가갔다.

"무슨 일이세요?"

계옥이 돌아서 의아한 눈으로 노을을 쳐다봤다.

"남대문역 안 갔어요?"

"다녀왔죠."

"그런데요. 왜 또 이리로 왔어요? 설마 날 쫓아다니는 건 아니겠죠?"

노을이 당황해 우물쭈물하자 계옥이 찌르듯 물었다.

"혹시 일본 경찰 끄나풀이에요?"

"끄, 끄나풀이요? 그게 뭔 말인지….."

노을이 눈을 끔뻑거리는 사이 카이 목소리가 들렸다.

"끄나풀, 남의 앞잡이 노릇을 하는 사람을 낮잡아 이르는 말. 유사어로 앞잡이, 밀정, 스파이 등이 있습니다."

카이의 단어 뜻풀이 소리가 들릴 리 없는 계옥은 노을이 말꼬리를 흐리자 바짝 다가섰다.

"남대문역에 갔으면 거기서 다른 손님을 태우고 돈벌이 다녀야지, 여긴 무엇 하러 다시 오는 거죠?"

"저, 그게….."

망설이던 노을이 결심한 듯 주머니에서 종이 한 장을 꺼냈다. 계옥은 멍한 표정으로 종이를 받아들었다. 곧 그녀의 얼굴이 풀리는가 싶더니 입술 사이로 헛웃음이 흘러나왔다.

"실없는 인사가 여기 또 하나 있구면."

"옛? 그건 또 무슨 말씀입니까?"

계옥이 사진을 돌려주며 대답했다.

"작년 겨울, 이 기사가 신문에 나고 우리 세 사람은 곤욕을 치렀어요. 한번은 인력거를 탔는데 길 가던 행인이 막아서더니 매국노 친일파에게 빌붙어 사는 거머리 주제에 무슨 건방이냐고 삿대질 당하기도 하고. 기생 주제에 말놀음을 한다며 뒤통수에 대고 손가락질하는 사람에다 생판 본 적도 없는 이가 다짜고짜 찾아와 돈 좀 꿔 달라고 졸라 대질 않나. 나중엔 종로경찰서에 불려 가 다시는 말을 타지 않겠다는 각서까지 쓰고 나왔어요."

계옥은 기분 나쁜 기억을 되새기느라 인상을 찡그렸다.

"일 년이나 세월이 흘렀건만 아직도 이 사진을 들고 다니는 사람이 있다니 할 말이 없네요. 하지만 무슨 상관이람. 남들이야 어떻게 보든 난 내 길을 가면 그뿐이지."

자신을 다독이는 말투였다. 노을은 착잡한 마음을 감추느라 일부러 목소리를 밝게 꾸몄다.

"오해 마십시오. 저는 이 사진에 딸린 기사는 읽지 못했습니다. 그저 사진을 우연히 얻어서 가지고 다닐 뿐이죠."

노을이 잠깐 말을 끊고 입술을 깨물었다. 그리고 결심한 듯 말을 이었다.

"솔직히 말씀드리면 저는 당신이 독립군 지휘관일 줄 알았어요. 말고삐를 쥐고 승마복을 차려입은 모습이 독립군 대장 같았거든요. 그래서 꼭 만나 뵙고 싶었어요."

"뭐라고요? 하하하!"

계옥이 실소를 터트렸다.

"그런데 겨우 천한 기생이라 실망이 컸겠는 걸요."

계옥은 짓궂은 표정을 지었다.

노을은 궁금했다. 계옥은 왜 저리 배배 꼬인 말투로 상대방을 경계하는 걸까. 기생이란 신분은 도대체 어떤 굴레 속에 있기에 독립운동에 헌신을 하고도 자긍심을 갖지 못하는 걸까? 노을은 자신의 진심을 어떻게 전해야 할지 궁리했다. 오해를 풀고 그녀의 믿음을 얻고 싶었다. 계옥이 비록 독립군 사령관은 아니더라도 만세운동에 힘을 보탠 독립운동가임에는 틀림없었다. 노을이 어쩔 줄 모르고 궁싯거리자 계옥은 웃음을 멈추고 조용해졌다.

"날 욕보이려 쫓아다닌 건 아닌 모양이군."

계옥이 독기 빠진 한숨을 내쉬었다.

노을이 말문을 열었다.

"독립선언서와 태극기가 가득 든 가방을 가야금인 척 옆구리에 끼고 광화문 거리를 내달리는 당신을 보았을 때 알았어요. 당신은 비록 독립군 지휘관은 아니더라도 그에 못지않은 인물이라는 걸 요. 직업이 기생이든 선생이든 상관없다고 생각합니다. 용기 있는 일을 해내는 데 직업은 아무 관계가 없으니까요."

계옥이 힘없이 웃었다.

"대견하고 감사한 얘기지만 세상이 어디 그렇게 단순하답니까. 직업이 곧 신분인데 기생 따위가 무슨 용기를 내고 큰 뜻을 세우겠어요."

노을이 품 안에 넣어 두었던 태극기와 독립선언서를 꺼냈다. 아까 계옥에게서 받은 것이었다.

"겨우 기생이라뇨. 저기 큰길가에서 용감하게 대한 독립을 외치는 사람들을 뒷바라지한 분을 그렇게 말씀하시면 안 되죠."

계옥이 물었다.

"그러는 당신은 정체가 도대체 뭐예요? 평범한 인력거꾼은 아닌 거 같은데."

노을은 계옥의 물음이 반갑고도 두려웠다. 그 질문은 분명 단단했던 의심의 매듭이 풀리고 있다는 증거였다. 노을이 한편이라는 걸 털어놓으면 당장이라도 손을 내밀어 악수를 청할 것 같았다. 하지만 겁이 났다. 그녀에게 뭐라고 할 수 있을까? 원정대 탐사대원이라는 대답은 말도 안 된다. 그렇다고 당신과 같은 이를 돕고자 결심한 청년이라고 할 것인가? 노을은 순간 원정대원의 한계에 대해서 뼈가 저리도록 실감했다. 마린은 누누이 강조했다. 원정대원의 임무는 짤방 주인공의 실체를 알아내는 데 그쳐야 한다고 말이다. 막상 그 순간에 닥쳐 보니 누나의 말은 탐사를 하다 말고 중간에 도망치라는 뜻이 아니었다.

"짤방 주인공을 깊게 알려고 덤벼들지 마. 그러기 위해서는 상대를 끊임없이 속여야 해. 우리의 정체를 들킬 수는 없는 노릇이니까. 끊임없이 거짓말을 하고 둘러대는 행동이야말로 마주 선 사람의 영혼을 갉아먹는 짓이야."

타임 슬립을 하기 전날, 노을은 오래간만에 누나 방을 찾았다. 방사능 배출 시약을 먹고 침대 위에 널브러진 마린이 짜내듯 해 준 충고였다.

노을은 딜레마에 빠졌다.

'나는 철저히 감추고 상대방의 진실만 파헤치려고 하니 될 일이 뭐야.'

입술을 잘근잘근 깨물던 노을이 결심하고 입을 열었다.

"솔직히 말씀드리겠습니다. 저는 먼 미래…."

그때였다. 골목 밖에서 다급한 발소리가 들렸다. 메마른 구둣발 소리엔 긴장감이 어려 있었다. 노을은 본능적으로 위험을 감지했다. 망설일 것도 없이 계옥의 팔을 잡아끌었다.

"얼른 이리로 들어가세요."

"왜, 왜 그래요?"

계옥은 노을에게 떠밀려 인력거 안으로 들어갔다. 노을은 얼른 휘장을 내리고 손잡이에 걸터앉았다. 곧바로 골목 안으로 순사가 들이닥쳤다. 순사는 만복 요릿집이 문을 닫은 걸 확인하고는 돌아 섰다. 그러다 인력거에 기대앉은 노을을 보고 멈춰 섰다.

"너도 만세꾼이냐?"

노을이 두 손을 내저었다.

"아이고, 나리! 저 같은 무식한 놈이 뭘 안다고 설치고 다니겠습 니까."

"그런데 왜 여기서 서성대는 거야?"

"말도 마십시오. 만세시위인지 독립 만세인지 난리가 나서 오늘 하루 고스란히 굶게 생겼지 뭡니까. 오전 내내 빈손으로 돌아다니 다가 좀 전에 만세시위대를 만나 종로통에서 쫓겨나 여기 이렇게 인력거를 기대 놓고 거리가 잠잠해지기만을 기다리고 있습죠."

노을이 비위 좋게 두 손을 비비며 생글거렸다.

옷은 일본 순사 제복이 분명하건만 말투는 갈 데 없는 조선 사 람인 순사가 뺨을 일그러트렸다.

"이 집에 여자 하나 들어가는 것 못 보았나?"

"여자요? 제가 이리로 피신 왔을 땐 이미 가게 문 닫혀 있던 걸 요."

"그으래?"

순사가 휘장이 드리운 인력거 안쪽을 힐끗 쳐다보더니 다가섰다. 노을이 재빨리 일어나 휘장을 조금 쳐들며 말했다.

"나리! 제 인력거로 모실깝쇼? 오늘 제 손해가 이만저만이 아니거든요. 덕분에 살려 줍쇼."

노을이 순사 옆에 바짝 다가서서 몸을 비벼 댔다.

"에잇, 저리 떨어져라. 더럽게시리!"

순사가 질겁하며 뒤로 물러섰다. 빳빳이 풀 먹여 다려 입은 제복에 인력거꾼의 개기름이나 묻을까 겁이 나는 모양이었다. 순사는 옷을 탈탈 털며 돌아섰다. 순사가 골목 모퉁이로 사라지자 노을이 휘장을 걷었다. 계옥이 팔짱을 낀 채 노을을 빠끔히 내다보았다.

"왜 그렇게 쳐다보세요?"

"당신 혹시 운동가요?"

노을이 고개를 갸우뚱 기울였다.

"운동가? 그게 뭡니까?"

이 질문은 능치는 것도 둘러대는 것도 아니었다. 노을은 정말 운동가라는 단어가 생소했다. 계옥은 노을의 순진무구한 눈빛을 확인하고는 얼른 인력거에서 내렸다.

"내가 괜한 소리를 했나 봐요. 하도 순사 앞에서 침착하길래 혹시 독립운동하는 청년이 아닌가 싶어서 물어봤어요."

계옥이 구겨진 옷매무새를 다듬는데 노을 목소리가 들렸다.

"독립운동가는 못 돼도 독립운동가를 돕고자 하는 마음은 있지요."

그 말에 계옥의 손길이 멈추었다. 계옥은 천천히 고개를 들어 노을을 쳐다보았다. 노을도 계옥의 눈길을 피하지 않았다.

"제 진심을 말씀드린 겁니다."

마침내 계옥이 노을을 향해 빙그레 웃었다.

"그래서 날 따라다닌 거고요?"

"예!"

노을은 홀가분한 마음이 들었다. 노을은 생각했다. 사람은 그저 타고난 대로 살아야 한다고 말이다. 꼼수를 부리고 사람을 속이고 진심을 숨긴 채 상대방에게 둘러대는 일 따위는 노을 성격과 맞지 않았다. 타임 슬립을 한 프록시마인이라고 밝힐 수 없을 뿐더러 그런 사실이 지금 계옥에게 무슨 소용이랴. 노을은 신분 제약을 뛰어넘어 새로운 세상을 만드는 데 투신하는 한 젊은 여인을 돕고 싶은 마음뿐이었다. 진심을 담백하게 털어놓자 용기와 여유가 생겼다.

"날 어떻게 도우려고요?"

계옥이 짓궂은 표정으로 물었다.

노을은 계옥이 자신의 진심을 가볍게 받아들이는 듯해 화가 났다.

"뭐든 제가 할 수 있는 일이라면 거들겠습니다."

그 말에 계옥이 오른손을 불쑥 내밀었다.

"그럼 먼저 통성명이나 합시다. 같은 동지가 생겼는데 이름 정도는 알아야지요."

계옥은 자신을 현계옥이라고 말했다.

"정노을이라고 합니다. 해주 정씨입니다."

노을은 마린이 칠성에게 일러 준 그대로 똑같이 말했다.

"나이는?"

"열일곱입니다."

"난 스물다섯, 그럼 내가 노을 군이라고 불러도 괜찮지요?"

"그럼 저도 계옥 누님이라고 불러도 괜찮겠지요?"

"누님? 하하하! 좋도록 해요!"

노을이 계옥이 내민 손을 맞잡고 악수를 나누었다. 계옥의 손은 남자처럼 힘 있고 씩씩했다. 계옥이 말했다.

"날 돕고 싶다고 했죠? 그럼 지금 독립문 앞 바로크까지 데려다 주세요. 거기서 친구를 만나기로 했어요."

바로크란 칠성과 계옥이 만난 찻집이 틀림없었다. 노을은 인력거를 끌며 카이에게 물었다.

"지금 누나가 독립문 쪽에 있을까?"

"시간대로 봐서는 현재 정칠성 님 자택에서 발목 찜질을 하고 있을 겁니다."

"그럼 얼른 데려다 주고 나와야겠다."

"마린 아가씨와 노을 도련님이 독립문 앞에서 만난다 해도 상관

없습니다. 한 사람이 각기 다른 시점에서 같은 시공간에 타임 슬립을 하는 게 문제죠. 내가 나와 맞닥뜨리게 되니까요."

노을이 대꾸했다.

"타임 슬립에 오류를 일으킬까 봐 걱정하는 게 아니야."

"그럼요?"

"그냥 누나는 누나대로, 나는 나대로 임무를 완수하고 싶어서 그래."

그 말에 카이가 조용해졌다.

"헉헉! 다 왔습니다."

아무리 증강 현실 내비게이션에다 자기장 센서가 도와준다지만 종로에서 서대문까지 뛰어오자니 숨이 턱까지 찼다. 노을은 땀범벅이 돼 휘장을 걸었다. 계옥이 10원짜리 지폐를 꺼내 내밀었다. 노을이 손을 내저었다.

"헉헉, 품삯은 됐습니다."

"무슨 소리예요? 일했으면 대가를 받아야지."

"절 인력거꾼으로 쓰신 겁니까?"

그 말에 계옥이 아차 하며 다시 손을 내밀었다.

"미안해요. 하지만 이 돈은 받아 주었으면 해요. 독립운동도 배곯으면 하기 힘들어요."

노을이 대답했다.

"저는 필요 없으니 다른 분 돕는 데 써 주세요."

계옥은 노을을 가만히 들여다보다 돈을 지갑에 집어넣었다.

"그럼 오늘은 여기서 헤어집시다."

계옥은 잘 가란 인사를 끝으로 찻집을 향해 발을 옮겼다. 노을이 아쉬움 가득한 목소리로 물었다.

"다시 만나 뵐 수 있을까요?"

"아까 우리 집 어딘지 알지요? 내일 오후에 잠깐 들를래요? 차 한 잔 마시며 얘기 좀 나눕시다."

그 말에 노을이 우물쭈물 망설였다. 탐사 임무가 완료되면 즉시 본부로 복귀하는 것이 원정대원의 의무였다. 과거 지구에 머물 핑계가 없었다. 노을은 어떻게 대답해야 하나 고민에 빠졌다. 그 모습을 본 계옥이 눈치 빠르게 말했다.

"보아하니 내일은 당장 어렵겠군요. 어쩐다, 나도 내일 이후에는 장담을 못 하는데. 그럼 언제든 서로 인연이 닿으면 다시 봅시다. 그리고 그때 서로 같은 길을 가고 있다면 동지로서 힘을 합칩시다. 내게 도움을 주고 싶다고 했지만 꼽아 보면 오늘 이미 노을 군 도움 많이 받은 셈이에요."

계옥이 품 안에서 향낭 하나를 꺼냈다. 향낭은 작은 매화 가지가 수놓인 비단 주머니였다. 분홍 주머니에 앙증맞은 매듭술이 달려 있었다. 계옥이 노을에게 주머니를 건네주었다.

"자, 이건 오늘 만난 기념으로 받아 주세요. 주머니를 가지고 있으면 언제든 날 찾을 수 있을 거예요."

노을이 주머니를 이리저리 뒤척였다.

"찾을 수 있다고요? 그럼 이 물건에 위치 추적 장치나 지피에스(GPS)를 달아 놓으신 거예요?"

계옥이 영문을 모르겠다는 듯 인상을 찡그렸다.

"뭐? 지피스? 그게 무슨 말이에요?"

노을이 아차 싶어 얼른 말을 바꿨다.

"아니요. 이 안에 지도나 뭐 암호 쪽지 같은 게 들어 있나 해서요."

계옥이 재밌다는 듯 미소 지었다.

"향낭엔 말린 꽃잎뿐이어요. 다만 우리가 인연 있는 사이라면 언젠가는 꼭 다시 만날 것이고 그때 서로를 알아보는 증표가 필요하잖아요."

계옥은 잠시 말을 멈추고 하늘을 올려다보았다.

"내일 이후로 난 경성에 없어요."

"어디로 가시는데요?"

노을은 이후 현계옥 행적의 실마리를 잡는 건가 싶어 긴장했다.

"말을 타고 끝없이 달리기 좋은 곳. 노을 군, 난 오늘 좋은 친구 한 사람을 알게 된 것 같아 무척 기뻐요. 언제든 우리 꼭 다시 만납시다. 여기 경성이 아니더라도 우리가 힘을 합쳐 일할 수 있는 곳이면 어디든 좋으니."

계옥은 이 말만 남기고 훌쩍 찻집 안으로 들어가 버렸다.

노을은 향낭을 꼭 쥔 채 원정대 본부로 돌아왔다. 역사복원위원회에 출석한 노을이 탐사 보고를 했다. 마린은 방사능 체외 방출 때문에 침대 신세를 지느라 집에 있었다.

끝까지 다 들은 장 위원장이 말했다.

"향낭을 증거품으로 제출하도록 하세요."

노을이 묵묵부답 답이 없다가 결심한 듯 말을 꺼냈다.

"향낭을 제출하는 시기를 좀 늦추고 싶습니다."

장 위원장이 무슨 뜻이냐고 물었다.

"타임 슬립을 한 번 더 해야겠습니다."

그 말에 회의장이 술렁거렸다.

장 위원장이 왜죠, 하며 노을을 건너다봤다.

"현계옥 님이 활약하는 모습을 두 눈으로 직접 확인하고 기록해 오겠습니다. 이 향낭이 그 역사적인 순간으로 안내해 줄 거라 믿습니다."

옆에 앉았던 소피아 박사가 손을 들었다.

"전 위험한 시공간으로 대원을 파견하는 데 반대합니다. 아직 마린 대원의 두 번째 불시착 원인에 대한 분석 결과가 나오지 않았습니다. 노을 대원의 출정에서 타임 슬립 오류가 나지 않아 모두 안심했지만 두 번째도 같은 행운이 따를지 누구도 장담할 수 없습니다."

소피아 박사는 마치 마린을 대신하는 듯했다. 그 말에 다른 위원들도 공감하는 눈치였다.

노을은 준비해 둔 대답을 내놓았다.

"짤방의 주인공이 누구인지와 짤방의 제작 당시 상황만 단편적으로 조사하고 오는 지금의 방식으로는 헬조선 전체 모습을 파악하는 데 어려움이 많습니다. 물론 과거에서 가져온 물건으로 타임슬립을 하는 예는 이제껏 없었으니까요. 하지만 원정대 탐사가 한두 번으로 끝날 일은 아니지 않습니까. 앞으로는 짤방뿐만 아니라 다른 증거품이나 실마리에 기대어 타임 슬립을 할 상황도 벌어질 겁니다. 그때를 대비해서 모험이 필요합니다. 그리고 제가 그 첫 번째 시도가 되고 싶습니다. 정마린 대원이 목숨을 걸고 첫 타임 슬립을 하지 않았다면 제이 혹은 제삼의 탐사도 있을 수 없었을 겁니다. 저는 그런 선배 대원을 본받고 싶습니다."

위원들이 토의를 벌였다. 짤방이 아닌 과거의 물건을 이용해 타임 슬립을 할 경우 정확한 시공간으로 갈 수 있는지가 첫 번째 의문이었다.

"이 부분은 우리끼리 아무리 논의해 봤자 소용없을 거 같습니다."

"케이스타의 성능과 직결된 문제니까요."

"예, 역시 마리우스 박사께 의견을 여쭙는 것이 타당하겠습니다."

저마다 끙끙거리는데 회의장 문이 벌컥 열렸다. 마리우스 박사였다. 박사는 잔뜩 상기된 어조였다.

"위원장님! 호라이즌호 실종 직전에 보낸 시그널이 우주 관측

용 안테나에 잡혔습니다. 시그널 발신 위치가 태양계 세 번째 행성 근처라는 분석이 나왔습니다. 시간대는 이십 세기 초로 보입니다. 정노을 대원! 조만간 케이스타에 다시 타야 할 것 같네!"

마리우스 박사가 숨도 안 쉬고 쏟아 내는 말에 노을이 벌떡 일어섰다. 굳게 믿고 있었지만 막상 엄마 아빠가 살아 있다는 소리를 들으니 믿기지 않았다.

"노을 대원, 자네 그저께 날 찾아와 한 말 있지?"

마리우스 박사가 노을 어깨에 손을 얹었다.

"위험을 무릅쓰고라도 다시 돌아가고 싶다고. 가 보게나. 자네 부모님의 행방을 찾을지도 모르겠네."

머리를 끄덕이는 노을 손에서 향낭이 달랑거렸다.

역사 불간섭 원칙

노을은 계옥에게서 받은 향낭을 케이스타 시공간 측정기에 집어넣고 센딩팟에 올랐다. 2세대로 진화한 케이스타가 과거 물건의 중요 시공간 데이터를 분석해 좌표를 설정했다. 마리우스 박사는 처음으로 실험하게 되는 시공간 여행 방식에 노을이 나서 준 것에 무한히 감사했다. 물론 그런 마음을 겉으로 드러내지는 않았지만 말이다. 노을은 마린이 기운 차리기 전에 두 번째 타임 슬립을 해야 한다며 서둘렀다.

"누나가 알아 봐야 골치만 아파질 게 뻔하니까."

그 부분에 있어서는 마리우스 박사도 깊이 동감하는 바였다. 동생 걱정에 자신을 들들 볶는 마린에게 시달릴 대로 시달린 박사였다.

번쩍하는 섬광과 함께 주위가 밝아졌다. 섬광이 사라진 눈앞에 차츰 거리의 윤곽이 드러났다. 널따란 광장 뒤로 서양식 석조건물들이 줄지어 늘어 서 있었다. 건물들은 하나같이 광장 앞에 펼쳐진 바다를 향해 서 있었다. 섬세한 대리석 조각으로 꾸민 고전 건축양식이 거리를 멋들어지게 만들었다. 노을이 타임 슬립을 한 곳은 건물 틈바구니에 있는 좁은 골목 안이었다. 노을은 비틀비틀 일어나 골목 밖으로 나왔다.

"어우, 어지러워."

노을이 정신을 차리고 옷에 묻은 흙먼지를 털어 내다 손을 멈추었다.

"뭐야, 이 옷은?"

몸에 걸쳐진 옷은 한복이 아니었다. 푸른 물감을 들인 베옷인데 모양이 생소했다. 조끼 같은 민소매 윗도리에 폭이 좁고 무릎까지 껑충한 반바지 차림이었다. 웃옷에는 고름 대신 동그랗게 매듭진 단추가 달려 있었다.

"아, 이건 중국 현대사 시간에 본 건데."

노을은 지구 역사 시간에 보았던 홀로그램 동영상 자료를 떠올렸다. 부둣가에서 배에 짐을 실어 나르던 쿨리(중국 노동자)의 복장과 똑같았다.

"카이, 우리 지금 어디 있지?"

노을이 걱정스러운 목소리로 물었다. 소피아 박사의 염려대로 엉뚱한 장소와 시간대로 떨어진 게 틀림없었다. 노을이 입은 옷뿐

만이 아니었다. 거리를 지나는 행인들의 옷차림이나 말소리도 지난번 탐사 때와는 사뭇 달랐다. 큰소리 탕탕 치며 센딩팟에 올랐던 용기가 시나브로 사그라졌다. 노을은 부풀어 오르는 불안을 가까스로 억누르며 중얼거렸다.

"아니야. 진심은 오류를 만들지 않아."

계옥을 믿고 싶었고 계옥이 준 향낭을 믿고 싶었고 무엇보다 자신의 신념을 믿고 싶었다.

카이 목소리가 들렸다.

"우리는 지금 천구백이십삼 년 이월 이 일 중국 상해시 프랑스 조계지에 있습니다."

"천구백이십삼 년이라고? 거기다 중국 상해?"

"예, 저도 의외의 시간과 장소라 여러 번 확인하느라 대답이 늦었습니다."

노을은 카이의 대꾸에 입술을 잘근잘근 깨물며 주위를 두리번거렸다.

"그런데 이 복장은 뭐지? 도시 노무자인가?"

"아니요. 직업에는 변함이 없습니다. 골목 안쪽을 보시죠."

노을이 뒤를 돌아봤다. 거기엔 인력거 한 대가 버티고 서 있었다. 노을은 막막했다. 향낭이 인도한 것으로 보아 현계옥이 상해에 있는 것만은 틀림없었다. 하지만 무거운 인력거를 끌고 거리를 헤맨다 한들 이 복잡한 대도시에서 현계옥을 찾으리란 보장도 없긴 마찬가지였다.

"그렇다고 이렇게 맥 놓고 있을 수만은 없지."

노을은 향낭을 바지춤에 매달았다. 인력거를 몰고 다니다 보면 분명 어디선가 계옥이 나타날 거라고 생각했다. 향낭이 계옥이 있는 곳으로 데려다줄 거라고도 믿었다. 지금으로선 그런 희망 말고는 기댈 데가 없었다.

노을은 쉴 새 없이 인력거를 끌고 상해 거리 곳곳을 달렸다. 카이에게 장착된 자동번역기를 통해 중국인 손님을 태우는 일은 어렵지 않았다. 증강 현실내비게이션과 자기장 센서 역시 지난번과 똑같은 효과를 내 주었다. 덕분에 노을은 상해라는 도시를 금방 익힐 수 있었다.

인력거에 수없이 많은 손님이 타고 내렸다. 노을은 누군가 "인력거!" 하고 큰소리로 부르면 가슴이 두근두근해서 뛰어가곤 했다. 혹시나 계옥일까? 그것도 아니면 조선인 손님이라도? 하지만 번번이 중국인 아니면 서양인뿐이었다. 상해는 중국인뿐만 아니라 영국, 프랑스, 독일, 미국, 일본 등등 여러 나라 사람들이 모여 있는 국제도시였다. 다니다 보니 열강마다 할당받은 행정구역, 그러니까 조계지를 가지고 있었다. 조계지 내에서는 각 나라 언어가 공용어처럼 통용되기도 하고 건물이나 거리 풍경도 나라별로 특색 있게 꾸며져 있었다.

해가 저물었다. 노을은 마지막 손님을 프랑스 조계지 안에 있는 레스토랑 앞에 내려 주고 주저앉아 버렸다.

"에구, 다리야. 더는 못 뛰겠다."

지칠 대로 지친 노을이 허탈한 표정으로 하늘을 올려다보았다. 골목 위로 조각난 하늘이 붉게 물들어 고운 빛을 냈다.

"엄마 아빠가 내 이름을 노을이라고 지어 주신 이유를 이제야 알겠네."

지구의 석양빛은 프록시마 항성이 내뿜는 검붉은 빛과는 격이 달랐다. 방사능 피폭 걱정 없이 따스한 온기와 에너지만 얻을 것 같았다. 노을은 옆구리에 찬 향낭을 만지작거렸다. 아직 시간은 많다. 언제 어떻게든 계옥은 만나질 것이다. 지금 당장 급한 건 진종일 뛰어다니느라 허기진 배다. 다행히 노을의 주머니에는 돈이 그득했다. 인력거 품삯으로 받은 정정당당한 대가였다. 이 돈으로 오늘 저녁밥과 숙소를 해결할 요량이었다.

"카이, 일단 배부터 채우고 잘 곳을 알아보자고."

노을이 프랑스 손님을 내려 준 식당 문 앞을 기웃거렸다.

"야, 이런 차림으로는 문전박대당하기에 십상인데?"

노을이 샹들리에가 반짝거리는 레스토랑 안을 기웃거리며 중얼거렸다. 잔잔한 음악이 흘러나오는 식당 안에는 제대로 차려입은 손님들이 삼삼오오 모여 앉아 고상한 미소를 뿜어내고 있었다. 노을은 제 몸에 걸쳐 있는 쿨리 복장을 내려다보고는 쩝 하고 입맛을 다셨다.

"카이, 안 되겠다. 인력거꾼도 대접받는 밥집으로 가자."

노을이 돌아서 막 발을 떼려는데 레스토랑 문이 열리며 사람 소리가 들렸다.

"저녁 감사했습니다. 이따 연주회장에서 봬요."

상냥하고 밝은 여자 목소리가 돌아선 노을의 귓가를 때렸다. 노을이 화들짝 놀라 뒤를 돌아보았다. 그리고 큰소리로 외쳤다.

"계옥 누님!"

여자가 깜짝 놀라 노을을 쳐다봤다. 같이 나오던 신사도 노을을 잠깐 힐끗 보더니 곧바로 계옥을 쳐다봤다. 계옥은 의아한 표정으로 눈가를 찌푸렸다. 어두운 골목 안에서 자신의 이름을 부르는 이가 누구인지 확인하려는 몸짓이었다. 신사는 곧바로 계옥에게 나는 이만, 이라는 짧은 인사를 남기고 골목 밖으로 휑하니 사라졌다.

"누님, 저예요. 노을이."

노을이 계옥 앞으로 다가섰다. 레스토랑에서 새어 나오는 불빛이 노을을 환하게 비췄다. 노을과 눈까지 마주쳤지만 계옥은 영 모르겠다는 표정이었다.

"누구시죠?"

노을이 가슴에 손을 얹었다.

"저 기억 안 나세요?"

"글쎄요."

노을은 순간 섭섭한 마음이 들었다. 그때 카이가 조용히 속삭였다.

"도련님은 며칠 만에 만나는 거지만 상대방은 사 년 만이잖아요."

노을은 얼른 향낭을 꺼내 계옥 눈앞에 높이 들었다.

"이건 알아보시겠죠?"

계옥은 노을 손에서 살랑살랑 흔들리는 주머니를 쳐다보았다. 노을은 마른침을 삼키며 기다렸다. 그렇게 잠깐 시간이 흐르고 계옥 얼굴에 놀라움과 반가움이 뒤섞인 웃음이 번졌다.

"만세운동 때! 만복 앞에서! 노을 군!"

"예! 맞아요. 계옥 누님!"

타향에서 만나는 고향 사람처럼 반가운 이가 있을까?

"사 년 전이랑 똑같아. 하나도 안 변했네."

계옥의 말에 노을은 가슴이 철렁했다. 계옥의 말대로 노을은 스물한 살 청년이 돼 있어야 했다. 노을은 살그머니 까치발을 하고 어깨를 쫙 폈다. 조금이라도 더 커 보일까 싶은 마음에 안간힘을 썼다. 그러거나 말거나 계옥은 별다른 의심 없이 노을을 반기는 분위기였다. 계옥은 양장 차림으로 지난번 만났을 때보다 약간 살이 빠진 모습이었다. 초록색 치마에 짙은 자줏빛 블라우스 차림이었다. 쪽머리는 어디 가고 귀밑 단발에 초록빛 벨벳 모자를 썼다. 전체적으로 세련된 국제도시에 걸맞은 모습이었다.

"아니, 그런데 여기 상해까지 웬일이에요? 어떻게 왔어요?"

"누님 뵈려고 왔죠."

계옥의 눈이 동그래졌다.

"날 찾으러 상해까지 왔다고요? 왜?"

노을은 속으로 아차 싶어 다른 말로 둘러댔다.

"누님이 그랬잖아요. 말 달리기 좋은 곳으로 떠난다고. 거기가 어딘지 찾아다니다 여기까지 와 버렸네요."

"그럼 노을 군도 만주에 있었어요?"

"네? 네, 네!"

노을이 끄덕거리자 계옥이 설렘 가득한 표정으로 물었다.

"어머나! 그런데 왜 한 번도 못 봤지? 그나저나 혹시 노을 군도 나처럼 약산 선생님 찾아온 거예요?"

"예? 예, 맞아요."

노을은 급한 대로 고개를 끄덕였다. 노을이 '약산이라니? 그는 또 누구지?' 하고 골몰하는데 계옥이 노을 뒤에 있는 인력거를 보았다.

"음, 일단 인력거를 끈다 이거죠, 만세운동 때처럼…."

계옥이 턱을 쓰다듬으며 탐정 흉내를 냈다.

노을이 얼른 맞장구쳤다.

"할 줄 아는 게 달리 있어야 말이죠. 그런데 지금 어디 가는 중인가요?"

"어머! 내 정신 좀 봐! 연주회 가는 걸 깜빡하고. 잘됐다! 노을

군, 중국인청년회 회관으로 태워다 줄래요?"

계옥은 중국인청년회 회관에서 열리는 기념회에서 조선인 대표로 가야금을 연주하기로 약속이 돼 있다고 했다.

"회관에 가야금과 한복을 미리 가져다 놓았으니 곧바로 가면 돼요."

"걱정 붙들어 매십시오. 바람같이 달려서 모셔다 드릴 테니까요."

인력거는 깃털처럼 가벼웠다. 노을은 기운찬 노루처럼 상해 시내 한가운데를 질주했다. 믿음이 현실로 이루어졌을 때만큼 뿌듯할 때가 또 있을까? 노을은 왠지 같은 20세기 지구에 있다는 엄마 아빠가 도와주고 있다는 기분이 들었다. 오누이를 걱정하는 정대양 부부의 간절한 마음이 노을의 행로에 행운을 드리워 주고 있는 것만 같았다.

'엄마 아빠! 조금만 기다리세요. 제가 임무를 마치고 곧 두 분 찾으러 갈게요!'

노을은 힘차게 인력거를 끌었다.

청년회 회관은 붉은 벽돌로 된 3층짜리 서양식 건물이었다. 2층에는 발코니가 둥근 아치 앞에 자리하고 꼭대기 층에는 시계가 달렸다. 계옥은 건물 2층에 자리한 공연장으로 곧장 들어갔다.

"노을 군. 연주 끝날 때까지 기다려요. 나랑 같이 가 볼 데가 있으니."

계옥은 이 말만 남기고 서둘러 건물 안으로 들어갔다. 노을은 건물 현관 앞에 놓인 대리석 계단에 앉았다. 조금 있자 안에서 가야금 소리가 들리기 시작했다. 노을은 계단참에 기대어 흰 달이 뜬 밤하늘을 올려다보았다. 노을은 계옥의 지난 4년간 행적이 궁금해 미칠 지경이었다. 그동안 어떻게 지냈으며 무엇 때문에 이 멀고 먼 타국의 도시에서 가야금을 연주하는지 알고 싶었다.

"차차 알게 되겠지. 그나저나 나야말로 무슨 핑계를 대지? 사 년 만에 뜬금없이 나타나 당신을 찾아왔소! 이상하잖아!"

노을이 궁리하느라 끙끙거리는데 현관문이 열렸다. 문으로 사람들이 쏟아져 나왔다. 그새 연주회가 끝난 모양이었다.

"노을 군!"

계단을 내려오던 계옥이 노을을 찾았다. 노을이 얼른 다가가 가야금을 받아들었다.

"프랑스 조계지 삼십사 번가로 가요."

노을은 인력거의 손잡이를 다시 프랑스 조계지로 돌렸다. 열심히 달리던 노을이 계옥을 힐끔 돌아봤다. 4년이란 시간이 흘렀지만 그녀는 한 군데도 변한 곳이 없었다. 머리 모양과 옷차림새만 바뀌었을 뿐이었다. 당당하다 못해 도도해 보이기까지 하는 표정과 몸가짐, 현재에 안주하지 않고 꿈을 좇는 듯한 눈빛까지 그대로였다. 노을은 계옥을 다시 찾아오길 백번 잘했다고 생각했다.

"도착했습니다."

노을이 허름하고 낡은 주택 앞에 인력거를 세웠다. 벽돌로 쌓아

세운 건물에는 두껍고 커다란 나무문이 달려 있었다. 그 안으로 네모난 안마당, 즉 중정(中庭)이 들여다보였다.

"인력거 세워 놓고 날 따라와요."

계옥이 앞장서 집 안으로 들어갔다. 계옥은 중정을 지나 맨 끝 방에 다다라 조심스럽게 문을 두드렸다. 똑똑똑! 정확히 세 번 두드리자 안에서 찰칵하는 문고리 소리가 났다.

"어서 오시게."

문을 열어 준 사람은 아까 프랑스 레스토랑 앞에서 본 청년이었다. 계옥과 엇비슷한 나이로 보였으나 풍모는 더할 나위 없이 무게감이 있었다. 다만 그 광채를 발하는 눈빛만은 평생을 두고 못 잊을 인상을 뿜어냈다. 신사는 하얀 모슬린 여름 양복을 단정히 갖춰 입었다. 그는 계옥 뒤에 서 있는 노을을 보고는 문을 열다 말고 멈추었다.

"누구신지?"

계옥이 낮은 목소리로 대답했다.

"전에 한번 말씀드린 적 있잖아요. 만세시위 때 기지를 발휘해 절 구해 준 젊은이가 있었다고."

"음, 기억나지."

"그 친구예요."

"그 사람은 조선에서 인력거를 끈다고 하지 않았나?"

"저도 그런 줄만 알았는데 뜻밖에 조계지에서 만났지 뭐예요."

순간 신사의 눈에 의심의 빛이 가득 찼다. 계옥은 일단 들어가서 애기하자며 노을의 팔을 끌었다.

방 안은 단출하고 깔끔했다. 한가운데 둥근 중국식 탁자가 놓이고 탁자 주위로 등받이 없는 의자가 다섯 개 둘러서 있었다. 신사는 계옥과 노을에게 의자를 권했다.

"나는 김원봉이라 하오. 성함이?"

"정노을입니다."

"상해는 무슨 일로?"

신사가 노을 얼굴을 빤히 들여다보았다. 그 눈길이 얼마나 노골적인지 노을은 발가벗겨진 느낌이었다.

"계옥 누님 만나러 왔습니다."

"무슨 용건으로?"

"그건 차차 아시게 될 겁니다."

노을이 한마디도 밀리지 않고 척척 대답하자 신사가 턱을 주억거렸다.

"배짱은 있군."

계옥이 끼어들었다.

"담력이 대단한 젊은이예요."

신사는 계옥의 말은 들은 체도 하지 않고 다시 노을에게 물었다.

"아무리 그래도 그렇지, 인권을 만나러 조선에서 상해까지 왔다고?"

그 말에 계옥도 노을을 쳐다보았다. 노을은 두 사람이 자신의 대답을 기다리고 있다는 걸 느꼈다.

노을이 신사에게 되물었다.

"인권이 누굽니까?"

계옥이 웃으며 끼어들었다.

"아참! 내가 얘기 안 했지. 나 상해에 와서 현인권이란 새 이름으로 활동하고 있어요."

노을이 알았다며 고개를 끄덕이더니 말했다.

"계옥 누님을 돕고 싶습니다."

신사가 다시 물었다.

"왜?"

"제 임무니까요."

노을 대답에 두 사람이 동시에 물었다.

"임무?"

"무슨 임무?"

노을이 살짝 당황하는 두 사람을 향해 빙그레 웃었다. 깊고 긴 사연이 있는데 어디 한번 들어 보실래요? 하는 여유로움이 묻어나는 미소였다.

"꽤나 당돌한 청년이구먼."

신사가 노을의 태도에 무언가 감지한 듯 고개를 끄덕였다.

"임무라…."

그는 조용히 찻잔에 차를 따랐다. 노을은 신사가 내미는 찻잔을 기꺼이 받아 들고 뜨거운 차로 목을 축였다.

"인권, 자네가 이 친구 보증할 수 있는가?"

계옥이 그렇다고 대답했다.

"그럼 우선 자넬 믿어 보지."

노을이 계옥에게 몸을 기울이며 물었다.

"여기 계신 분 소개 좀 부탁드려요, 누님."

그 말을 들은 신사가 노을을 향해 손을 내밀었다.

"난 의열단 김원봉이라고 하오."

노을은 얼른 손을 잡고 악수를 나눴다.

"의열단? 어떤 모임입니까?"

김원봉은 대답 대신 자리에서 일어났다.

"그 이야기는 차차 하기로 하고, 인권 양! 마자르 집으로 가세."

"어머! 드디어 비밀 제작소가 준비됐군요."

김원봉은 계옥의 말에 지그시 웃을 뿐이었다.

김원봉과 계옥은 노을이 끄는 인력거에 나란히 올라탔다. 노을은 김원봉이 불러 주는 주소를 향해 달리기 시작했다. 휘장 안에서 두런두런 이야기 나누는 소리가 들렸다. 두 사람의 대화가 카이를 통해 고스란히 녹음되고 있었다.

"저 친구 믿을 만한 사람인가?"

"보잘것없는 주머니를 사 년씩이나 품고 다니며 날 찾았다고 하잖아요."

"그러니 더 의심스럽다는 게지. 무슨 이유로 자네를 그토록 찾
아다닌단 말인가?"

"단장님, 그러시면 왜 아까 노을 군을 집으로 들이셨어요? 노을
군을 가운데 두고 우리의 비밀 거처와 마자르의 이름을 거론하시
고, 또 우리의 정체가 의열단이라는 걸 단박에 밝히셨잖아요. 밀정
으로 의심하셨다면 절대 그렇게 하지 않으셨겠죠."

김원봉의 코웃음 소리가 들렸다.

"밀정?"

계옥이 가벼운 한숨과 함께 말했다.

"하긴 단장님께서 노을 군을 밀정으로 의심하셨다면 보자마자
손을 쓰셨을 테지요."

노을은 적잖이 놀랐다. 하지만 뒤이어 들리는 김원봉의 대답을
듣고는 더 큰 충격에 빠졌다.

"세상에 저렇게 허술한 밀정이 어디 있나. 얼굴에 속마음을 고
스란히 쓰고 있는 애송이를 누가 밀정으로 쓰겠어. 저 녀석은 일제
끄나풀이 못 돼. 다만 분명 뭔가 숨기고 있어. 자네를 찾아왔다는
말은 거짓이 아닌 듯한데 어디서 온 녀석인지 그게 묘연하단 말이
지. 난 그걸 알고 싶어서 이 인력거에 오른 걸세."

김원봉은 잠시 잠깐의 만남으로 노을을 간파해 냈다. 전부는 아
닐지라도 핵심은 파악하고 있었다. 노을은 김원봉에 대한 호기심

이 무럭무럭 커졌다.

인력거는 금세 김원봉이 말한 집 앞에 당도했다. 건물은 하얀 대리석 벽과 회색 기와를 얹은 2층짜리 저택이었다. 창문마다 아치가 장식돼 있고 현관 지붕을 떠받치는 두 개의 기둥이 멋들어졌다.

인력거가 서자 문이 열리며 키가 훤칠한 서양인이 나왔다. 붉은 머리는 곱슬곱슬했고 파란 눈과 콧수염이 인상적이었다.

"오! 인권 양, 어서 오세요."

"마자르! 오랜만이에요."

서양인은 계옥에게 다가와 뺨 인사를 했다. 계옥도 자연스럽게 뺨을 부딪치며 인사를 받았다. 척 봐도 한두 번 해 본 솜씨가 아니었다.

"그럼 이제 인권과 부부가 되는 거네요."

마자르라 불리는 남자가 김원봉과 악수를 하며 쾌활하게 웃었다. 김원봉은 모두를 데리고 집으로 들어갔다. 집 안은 평범한 가정집처럼 꾸며져 있었다.

"비밀 제작실은 어디로 할 계획인가?"

김원봉의 물음에 마자르가 계단참에 달린 문을 열었다. 지하실로 통하는 계단이 나타났다.

"이 문은 일단 장식장으로 가려 놓을 예정이고요. 그런데 단장님, 이 젊은이는 누구지요? 처음 보는 친구인데."

마자르가 노을을 가리키며 눈을 깜빡였다. 그의 표정에 의심이

나 거리낌 같은 기색은 없었다. 그저 손님에 대한 순수한 호기심과 호의가 말갛게 드러날 뿐이었다. 노을은 그런 마자르를 보자 프록시마인이 떠올랐다. 사람을 의심할 줄 모르고 호의와 선의로 대하는 프록시마인들의 얼굴이 마자르의 표정과 겹쳐졌다. 노을은 자연스럽게 마자르에게 호감이 갔다.

"우리 의열단에 들어오고 싶어 하는 열혈 청년일세. 이름이…."

김원봉이 돌아보자 노을이 나섰다.

"정노을이라고 합니다. 만나서 반갑습니다."

노을이 마자르에게 다가가 악수를 청했다.

"마침 조수가 필요했는데 잘됐네요. 노을 씨도 여기서 같이 삽시다."

마자르가 시원시원하게 권했다. 노을은 마자르란 사람이 통 크고 쾌활한 이가 틀림없다고 생각했다. 노을이 흔쾌히 그러마, 했다.

밤이 됐다. 계옥과 두 남자는 저녁 식사를 마치자마자 응접실로 들어가 문을 걸어 잠갔다. 이제껏 노을에게 모든 걸 시원시원하게 드러내던 모습과는 사뭇 달랐다. 계옥은 응접실로 들어가기 전 노을에게 일렀다.

"회의 마치고 나올 테니 쉬고 있어요. 할 얘기가 너무 많아."

노을은 마자르가 정해 준 방에 들어가 침대에 벌러덩 누웠다.

"노을 도련님, 응접실에서 나누는 대화를 녹음하고 있습니다."

카이가 보고를 하자 노을이 끙, 하고 옆으로 돌아누웠다.

"난 듣고 싶지 않으니까 이어폰 연결하지 마."

"왜 그러세요? 심리 바이털이 매우 불안정합니다."

"상관하지 말고 내버려 둬. 그냥 잠깐 쉬고 싶은 거니까."

노을은 팔베개하고 눈을 감았다. 인력거를 끌며 들었던 김원봉의 말이 머리에서 떠나지 않았다.

'여차하면 간단히 처리할 수 있는 애송이라고?'

차라리 의심과 경계가 자존심을 다치지 않는 대접이었다. 아무런 위협도 되지 않는 어린아이 취급에 노을은 분이 났다.

'어디 두고 보라고. 내가 그렇게 맹물인지 아닌지.'

카이가 조심스러운 목소리로 말했다.

"방금 세 사람이 나누는 대화를 들으니 여기는 의열단이란 단체에서 준비한 비밀 아지트랍니다. 의열단이란 무력투쟁을 기본으로 하는 항일 단체로군요. 마자르는 전문 폭탄 제조 기술자고요. 헝가리 군대 소속 군인이었답니다. 현계옥 님이 마자르 씨와 부부 행세를 하면서 주변의 의심을 가리는 역할을 맡을 거랍니다."

카이는 노을의 궁금한 심중을 헤아리듯 찬찬히 설명했다. 노을은 안 듣는 척 눈을 감고 있었지만 머릿속은 복잡하게 엉키기 시작했다.

'폭탄을 몰래 만들어서 뭘 하려는 거지?'

만세시위 때 만난 계옥은 조선의 독립을 위해 위험을 무릅쓰는 여인이었다. 그런 사람이 활동하는 모임은 물어보지 않아도 짐작이 가능했다. 그런데 폭탄이라니, 그것도 조선에서 까마득히 떨어진 남의 나라에서 만드는 이유가 무엇인지 알 길이 없었다. 다만 4년 전 목격한 비폭력 독립운동이 해방을 쟁취하진 못한 듯했다. 보다 적극적이고 직접적인 방식으로 독립투쟁이 선회한 게 틀림없었다.

'그런데 계옥 누님께서 그런 위험한 일에 가담한다고? 누님은 내가 짐작한 것보다 훨씬 대담한 인물일지 모르겠군.'

노을이 시간 가는 줄 모르고 누워 있는데 방문을 두드리는 소리가 났다.

"노을 군, 벌써 자요?"

노을이 얼른 일어나 문을 열었다. 계옥이 쟁반에 사과를 들고 방으로 들어왔다. 쟁반을 든 팔에는 작은 가방이 하나 걸려 있었다.

'아! 진짜 사과다!'

노을은 윤이 반짝반짝한 과일을 집어삼킬 듯 내려다보았다. 계옥이 사과를 깎아 노을 앞에 디밀었다.

"우리끼리만 회의를 해서 서운한 건 아니지요?"

"서운하긴요. 처음 보는 인력거꾼한테 조직의 최대 비밀을 공개한 것만 해도 어딘데요."

노을이 슬쩍 삐친 어투로 대꾸하자 계옥이 손에 들었던 사과를 접시에 내려놓았다.

"노을 군. 나에 대해서 뭘 알고 싶은 거죠?"

"알고 싶다기보다는 돕고 싶은 거죠."

노을이 접시에 놓인 사과 조각을 들어 입에 가져갔다. 한 입 베어 물자 새콤하고 단 과즙이 온몸에 퍼지는 것 같았다. 대지에 뿌리를 박고 태양 빛으로 살찌운 진짜 과일이었다. 그 맛과 향은 그 어떤 첨단과학으로도 흉내 낼 수 없었다.

"날 왜 돕고 싶은데?"

노을이 싱싱한 사과를 아작아작 먹으며 대답했다.

"누님을 기생이 아닌 다른 사람으로 기록하고 싶어서요."

순간 노을 귓가에서 삑, 하는 경고음이 들렸다. 물론 그 소리는 노을만 들을 수 있었다. 곧이어 카이의 다급한 말소리가 들렸다.

"원정대 삼 대 원칙 중 역사 불간섭 원칙 다음으로 중요한 것이 신분과 임무 비밀 엄수 원칙임을 잊지 마십시오."

노을은 눈썹 하나 까딱하지 않았다. 김원봉이 노을을 가지고 속내를 얼굴에 죄다 쓰는 어리보기라고 했지만 지금은 전혀 들어맞지 않는 말이었다.

"나를 기록한다고? 어디다?"

계옥이 노을에게 다가앉았다.

"정노을 대원님, 발언에 유의하십시오."

카이가 또 한 번 경고를 날렸다.

"응? 어디다 뭘 기록한다는 거예요?"

계옥이 재촉했다.

사과를 다 먹은 노을이 천천히 고개를 들었다.

"제 마음에요."

노을의 대답을 들은 계옥이 잠깐 멍하더니 눈을 흘겼다.

"뭐야, 싱겁게!"

노을은 진지한 표정을 풀지도 않았다. 그 모습을 고즈넉이 바라보던 계옥이 한숨을 내쉬었다.

"내가 바보 같은 질문을 했네. 나라 독립을 위해 모여든 젊은이가 어디 노을 군 한 사람뿐인가. 나 역시 기생이란 신분을 무릅쓰고 덤벼든 것을."

계옥은 익선동 골목에서 본 노을의 모습이 기억난다고 했다.

"그날 노을 군의 모습은 뭘까. 하나의 세계가 깨지고 새로운 세계가 열리는 순간을 지켜보는 사람 같았어요. 하긴 노을 군뿐이었겠어? 만세운동을 계기로 많은 이들이 새롭게 깨어났어요. 어떤 사람들은 삼일운동이 아무런 성과도 없이 희생자만 낸 채 끝나 버렸다고 하지만 난 생각이 달라요. 그날 이후 일 년 가까이 조선 반도에서 만세 소리가 끊이질 않았어요. 무수한 만세꾼들이 잡혀가고 고문당하고 죽음까지 당했지만 그들 뒤를 이어받아 똑같은 목소리로 만세를 부르는 이들이 나타났으니까. 만주로 넘어온 후, 마음과 정신이 새롭게 태어나 새날을 맞이한 사람들을 숱하게 만나봤어요. 노을 군의 그 각성된 표정 역시 절대 잊히지 않아요."

노을은 계옥의 이야기를 들으며 종로통 한가운데 서서 전율에 떨던 자신을 떠올렸다. 계옥의 말이 틀리지 않았다. 노을은 하늘과 땅을 꽉 메운 함성 속에서 말로 설명할 수 없는 벅찬 기분에 휩싸였다. 역사복원위원회에 보고서를 올릴 때 이 부분은 쓰지 않았다. 몇 줄 글로 묘사할 수 있는 경험도 아니거니와 적확하게 표현할 글 솜씨도 노을에게는 없기 때문이었다.

"그럼 왜 아까 절 만났을 때 못 알아보셨어요?"

"너무 뜬금없어서 그랬지요. 노을 군이 그저 조선에 사는 줄 알았거든."

노을이 고개를 끄덕이며 말했다.

"누님, 그동안 어떻게 지내셨는지 얘기나 좀 해 주세요."

계옥이 잠깐 머릿속을 정리하느라 멍하더니 이야기를 시작했다.

"가만 어디서부터 해 줘야 하나. 만주 길림성에서 기관총 세례 받은 것부터 해 줄까. 아니면 독립군들 앞에서 가야금을 뜯어 오해를 푼 걸 얘기해 줄까. 그것도 아니면 상해로 넘어와 단장님한테 인정받는 의열단 단원이 되려고 발버둥 친 일화를 소개해 줄까."

노을이 사과를 집어 들어 계옥에게 권했다.

"하나씩 차근차근 해 주세요."

계옥이 조선을 떠난 때는 경성에서 시작된 만세운동이 전국으로 들불처럼 번지던 1919년 3월 하순이었다. 계옥은 만주 길림성에서 김원봉을 처음 만났다. 당시 김원봉은 의열단을 조직하기 위해 동분서주하고 있던 차였다. 계옥은 연인 현정건에게 물리적 공격을 위주로 하는 독립투쟁 단체가 결성된다는 말을 전해 들었다. 그녀는 고민을 거듭한 끝에 현정건에게 김원봉을 소개시켜 달라고 부탁했다. 고려공산당 당원이자 독립운동가였던 현정건은 계옥을 김원봉에게 인사시켰다. 하지만 그녀의 소망에 대한 응답은 엉뚱한 곳에서, 엉뚱한 방식으로 날아왔다. 길림성에 머물고 있던 독립군들이 계옥을 첩자로 오해한 것이다. 그리하여 한밤중에 그녀가 머물던 집에 기관총 세례를 퍼부어 댔다. 그 사건이 계옥의 마음을 갈가리 찢어 놓았다.

억울한 사건의 시발점은 이랬다. 현정건의 백부, 즉 큰아버지의 아내가 이토 히로부미의 양딸인 배정자였다. 쉽게 얘기해 현정건의 큰어머니가 친일파 중에 골수분자라는 뜻이었다. 길림에 있던 독립군들 사이에서 계옥이 기생 출신이라는 사실을 트집 잡아 그녀가 배정자의 첩자로 만주에 숨어든 게 아니냐는 소문이 돌았다. 소문이 눈덩이처럼 커지고 의심이 깊어지자 급기야 그녀 집에 총격을 가한 것이었다.

노을은 이해가 되지 않는다고 했다.

"배정자라는 친일파의 조카가 누님의 연인이라고요? 그렇다면 그 현정건이란 사람부터 의심을 받고 공격을 당해야지, 왜 곁에 있는 누님이 곤욕을 치른답니까?"

계옥이 대답했다.

"정건 씨가 독립운동에 뛰어든 지는 한참 됐거든요. 그 사람은 여러 활동으로 인정받고 신뢰받는 운동가였지만 난 그때 막 기생 화장 벗어 던지고 끼어든 참이었으니까요."

계옥은 어쩔 수 없는 일이었다고 덧붙였다.

"기생이란 신분이 원래 그런 대접을 받는 자리라오. 하대받고 무시당하고 억측과 누명, 오해와 험담에 시달려도 웃음을 잃지 않아야 하는 해어화, 그런 세상이 싫어 독립운동에 뛰어들었건만 거기서도 똑같은 취급을 받았지 뭐예요."

노을은 계옥의 얼굴에 쓴웃음이 번지는 걸 아린 가슴으로 바라보았다. 설익은 위로를 건넬 수조차 없을 정도로 아픈 이야기였다. 노을은 노을대로, 계옥은 계옥대로 각자 생각에 골똘해 마룻바닥만 내려다봤다.

노을이 정적을 깨고 다시 말을 이었다.

"그래서 상해로 도망치신 거예요?"

계옥이 펄쩍 뛰며 눈을 흘겼다.

"도망이라니, 무슨 그런 섭섭한 말씀을!"

계옥 얼굴 위를 덮고 있던 우울함이 걷히고 씩씩하고 장난기 어린 표정이 다시 자리 잡았다.

"내가 그런 각오도 없이 운동한다고 덤볐겠어요?"

계옥은 죽을 고비를 넘기고 오히려 독립군들 앞에 나섰다고 했다.

"나에 대한 온갖 모함과 추측이 난무한 독립군 진영에 들어가 가야금을 탔지요."

계옥의 가야금 솜씨는 이미 경성에서부터 정평이 나 있었다. 그녀가 유명한 예기(藝妓)로 대접을 받았던 이유도 한시와 시조에 능할뿐더러 가야금 솜씨도 남달랐기 때문이다.

"나는 나에게 총부리를 겨누는 군인들 사이에 자리 잡고 앉아 이렇게 선언했다오."

나 현계옥을 친일 앞잡이로 오해하신 여러분을 용서합니다. 동시에 나의 각오와 열의를 인정받고 싶습니다! 부디 이 연주 속에 실린 나의 진심을 들어 주시기 바랍니다.

계옥은 독립군들 가슴에 들어찬 검은 구름을 청아한 가야금 소리로 다 날려 버렸다. 그리고 연주를 마치자마자 가야금 줄을 단번에 베어 버렸다. 동시에 독립군 사이에서 와, 하는 환호성이 울려 퍼졌다. 계옥은 그렇게 한남 권번 일패 기생에서 독립운동가가 됐다.

"독립운동가를 쫓아다니는 애첩 기생이란 오명을 벗고 싶었어요."

계옥의 단호한 행동은 김원봉의 귀에도 들어갔다. 하지만 김원봉은 이제 갓 결성된 의열단에 여자를 들일 생각이 없었다. 의열단의 첫째이자 마지막 목표는 무장 테러였기 때문이다. 계옥은 김원봉이 의열단 본부를 상해 프랑스 조계지로 옮기자 뒤도 돌아보지 않고 따라왔다.

"단장님의 비밀 거처를 알아내는 데만 몇 달이 걸렸지요. 같은 독립운동가라도 의열단 본부를 알아내기란 하늘의 별 따기였으니까."

김원봉은 자신의 거처를 찾아 온 계옥을 보고 적잖이 놀랐다. 길림에서부터 끈질기게 입단을 희망하며 귀찮게 하던 여인이 상해까지 쫓아와 비밀 거처를 찾아내 문을 두드렸으니 그럴 만도 했다.

"나를 확인한 단장님 얼굴은 아마 평생 못 잊을 거예요."

계옥은 즐거운 추억을 되새기는 사람처럼 환하게 웃었다.

"그럼 그날 바로 의열단원이 되셨어요?"

"설마요. 몇 번의 거절과 냉대를 무릅쓰고 설득을 해냈죠."

여기까지 얘기한 계옥이 곁에 놓인 가방을 집어 들었다. 노을은 계옥이 가방에서 까만 총 한 자루를 꺼내는 모습에 흠칫 놀랐다. 계옥은 오른손으로 총을 들고 이리저리 살펴보았다. 마치 소중한 물건을 자랑하는 아이 같았다.

"단장님이 주신 육혈포예요."

육혈포란 총알을 여섯 발까지 장전할 수 있는 권총을 말했다. 검은 총신과 원목으로 된 손잡이가 제법 묵직해 보였다.

"몇 번의 실랑이 끝에 간신히 입단하고 바로 훈련을 시작했어요."

김원봉은 상해 공원 안에 있는 사격장으로 계옥을 데려갔다. 계옥은 거기서 권총 사격법과 폭탄 투척법을 배웠다. 계옥이 익힌 기술은 그뿐만이 아니었다. 감쪽같이 다른 사람이 되는 변장술, 영어나 러시아어 등의 외국어, 폭탄 제조와 조립법까지 김원봉은 계옥을 전천후로 쓸 수 있는 단원으로 만들기 위해 시간과 노력을 아끼지 않았다. 계옥의 학습 능력과 비상한 두뇌가 받쳐 주어 가능한 일이었다.

"단장님은 한번 믿음을 준 동지는 끝까지 신뢰하고 최선을 다해 진심으로 대해 줍니다."

노을은 계옥의 말을 들으며 김원봉을 떠올렸다. 범상치 않은 눈빛과 기운을 뿜어내는 그는 마치 이 세상 사람이 아닌 듯한 기이한 분위기를 풍겼다. 밀정인지 아닌지 단박에 알아볼 수 있다는 그의 말이 노을을 다시 괴롭혔다.

계옥은 노을의 속마음을 알아채지 못한 채 다른 말을 이었다.

"이 집 주인은 저기 응접실에 있는 마자르라는 헝가리인이에요. 몽골에 계신 이태준 박사님 소개로 단장님을 찾아왔다고 해요."

듣고 보니 마자르라는 사람은 매우 흥미로운 인물이었다. 헝가리 군인 출신으로 러시아군의 포로로 잡혀 몽골 수도 고륜에 억류돼 있다가 풀려난 이력의 주인공이었다. 석방 후에 고국으로 돌아갈 여비가 없어 고륜에 머무르던 마자르는 자동차 운전수라는 직업을 얻어 근근이 생활을 이어 갔다. 그러던 중 몽골에서 활동하던 의사 이태준과 인연을 맺게 된다. 이태준은 천진에서 김원봉을 만나 마자르에 대해 이야기를 나누었다. 때마침 김원봉은 폭탄 투척 의거를 위한 무기 조달에 골머리를 썩이고 있던 참이었다.

"마자르는 자신의 조국 헝가리를 무척 사랑하는 애국자예요. 때문에 일제 폭압 속에 시름하는 조선의 사정에도 깊은 공감을 갖고 있지요. 마자르는 헝가리 군대에 있을 때 폭탄 제조 전문가로 활동했다고 하더라고요."

김원봉이 제대로 된 폭탄을 만들 수 있는 기술자를 찾는다는 말에 이태준은 마자르를 떠올렸다. 김원봉에게 마자르를 데려와 소개시켜 주겠다고 철석같이 약속한 이태준은 그러나 만나기로 한 날짜가 훨씬 지났는데도 소식이 없었다. 이태준의 신변을 수소문하던 김원봉에게 비통한 소식이 날아들었다. 이태준이 일제의 앞잡이들에게 죽임을 당했다는 것이다.

실의에 빠진 김원봉이 북경에 머무르고 있을 때였다. 믿지 못할 소문 하나가 김원봉 귀에 들어왔다. 낯선 서양 남자가 북경 뒷골목 술집을 배회하면서 "김원봉을 아는 사람 없소? 난 꼭 그를 만나야 하오"라며 수소문을 하고 다닌다는 얘기였다.

김원봉은 한달음에 달려가 마자르를 찾아냈다. 그리고 상해로 데리고 와 그의 이름으로 전셋집을 얻었다. 오늘 노을이 본 광경이 바로 마자르가 이사를 마치고 김원봉과 현계옥을 맞아들인 모습이었다.

여기까지 들은 노을이 긴 숨을 내쉬었다. 지난 4년간 현계옥이 걸었던 길은 한 편의 영화처럼 변화무쌍했다. 죽을 고비를 몇 번씩 넘기고 오해와 모함에 시달리면서도 뜻을 세우려 꿋꿋이 버틴 고비 고비가 눈앞에 선했다.

밤이 깊었다. 회포를 푸느라 시간 가는 줄 모르던 계옥이 일어섰다.

"자, 오늘은 이만하고 자요. 내일부터는 노을 군도 마자르 씨를 도와 폭탄 제조법을 배워야 하니까."

"제가요?"

"그럼요. 뭐라도 해야지 않겠어요? 나를 돕고 싶다면서."

계옥이 노을을 향해 고개를 끄덕였다. 노을은 멍한 얼굴로 계옥을 올려다볼 뿐이었다.

"잘 자요."

계옥이 문고리를 막 잡는데 뒤에서 노을의 목소리가 들렸다.

"저를 믿으십니까?"

계옥이 돌아서서 반문했다.

"노을 군은 날 믿지요?"

"예."

"그렇다면 의심하지 마세요. 나도 날 믿는 사람을 믿으니까."

계옥이 방문을 닫고 나가자 노을은 침대에 기대 누웠다. 카이의 목소리가 들렸다.

"원정대 삼 대 원칙 중 첫 번째! 역사 불간섭 원칙을 준수하시기 바랍니다.”

　노을이 입 한 번 떼지 않았건만 카이는 주인의 속마음을 훤히 꿰뚫고 있는 모양이었다. 노을은 이불을 머리 위로 덮어썼다.

그림자에 스친 얼굴

노을이 마자르의 집에 머문 지 보름이 지났다. 노을은 그사이 지하실에 마련된 비밀 제작실에서 마자르를 도왔다. 김원봉이 이틀거리 사흘거리로 찾아와 폭탄 재료를 놓고 갔다. 계옥은 서양 남자를 남편으로 얻은 중국 여인 역할에 충실했다. 산뜻한 원피스 차림에 시장바구니를 들고 외출을 하는 그녀는 누가 봐도 신혼의 단꿈에 젖어 있는 새색시 같았다. 계옥은 골목 안 주민들과도 금세 친해졌다. 상해로 온 지 겨우 2년 남짓 됐으나 중국어 실력은 일상생활을 하는 데 전혀 지장이 없었다. 덕분에 마자르 집은 프랑스 조계지 내에서 흔하게 볼 수 있는 가정집 중 하나가 됐다. 마자르는 정교한 폭탄을 조립할 때 밤을 새우기 일쑤였다. 노을은 마자르의 폭탄 조립 솜씨는 둘째 치고 놀라운 집중력과 몰입도에 혀를 내둘렀다.

"카이, 마리우스 박사님께 우리 스승님을 소개하고 싶을 정도라 니까."

피로에 젖은 노을이 이불 안으로 파고들며 말했다. 노을은 마자 르를 스승으로 깍듯이 모셨다. 마자르도 붙임성 좋은 노을을 흔쾌 히 제자로 받아들였다. 둘은 금세 죽이 척척 맞는 단짝이 됐다.

"소개고 뭐고 언제 돌아가실 거예요?"

"완성된 폭탄을 경성까지 반입하는 작전은 마무리 지어야지."

"그걸 왜 노을 도련님이 마무리 지어야 하는데요?"

"뭔 말이야. 그럼 누가 해?"

"아이고, 누가 들으면 노을 도련님이 의열단 단장인 줄 알겠네 요."

본부에서는 한동안 아무런 연락이 없었다. 노을이 지하 폭탄 제 작실에 처음 내려가던 날 한 번 메시지가 왔다. 역사 불간섭 원 칙에 위배되는 행동은 자제해 달라는 짧은 전언이었다. 그 후로는 아무런 명령이 없었다. 노을은 저 편한 대로 위원회에서 묵인을 해 주었다고 생각했다. 카이의 표현을 빌리자면 참 뱃속 편한 생각이 었다. 그렇게 또 열흘이 흘렀다.

"체류할 수 있는 시간이 이틀 남았습니다."

카이가 초읽기 하는 심판처럼 말했다.

"나도 알고 있으니까 잔소리 좀 그만해."

"체류 기간이 한 달을 넘어가면 위험한 건 잘 알고 계시죠? 프록시마의 기억과 헬조선의 기억이 뒤죽박죽으로 엉켜서 본대 귀환이 어려워질지도 몰라요. 자칫하면 엉뚱한 데로 타임 슬립 했다가 우주 미아가 될 수 있어요."

"알고 있으니까 겁주지 말라고."

노을은 짜증을 냈지만 내심 조바심이 났다. 고성능 폭탄 제작이 어제 막 마무리됐다. 대형 폭탄 여섯 발, 손으로 던지는 소형 폭탄 서른 발, 폭발 장치용 시계와 뇌관 모두 해서 열세 개, 거기다 권총 다섯 자루, 실탄이 150발이나 됐다. 노을은 경성에서 일본 제국주의자들의 소굴에 폭탄을 투척하는 모습을 두 눈으로 생생히 보고 싶었다.

"가는 데까지 가 보지 뭐."

노을은 스스로를 다잡기 위해 주먹을 꼭 쥐었다.

계옥이 김원봉에게 연락을 했다. 한달음에 쫓아 온 김원봉은 공격 무기들을 여행용 가방, 등짐, 옷궤 등에 나누어 담았다.

"천진을 거쳐 안동현으로 갑니다. 거기서 신의주 국경을 통해 국내에 잠입한 후 신의주에서 경성까지는 기차를 이용할 계획입니다."

계옥과 마자르가 폭탄 상자를 천진까지 운반하는 임무를 책임지겠다고 나섰다.

김원봉이 마자르에게 고개를 저었다.

"폭탄 제조에 힘을 써 주신 것만 해도 충분합니다. 운반과 투척은 우리 의열단원이 나누어서 할 테니 위험한 작전에 참여할 필요 없습니다."

마자르가 말했다.

"중국 내에서 폭탄이 가득 든 짐을 의심 없이 운반할 수 있는 사람으로 서양인이 유리할까요? 조선인이 유리할까요?"

마자르의 지적은 예리했다. 중국은 공산당과 국민당, 거기에다 각지에서 난립하는 군벌까지 정세가 매우 어지러웠다. 불안한 국내 사정 때문에 상해와 북경, 천진 등 대도시에서는 하루가 멀다고 테러 사건이 일어났다.

"단장님, 주요 철도역마다 관헌의 검문검색이 크게 강화됐다는 소식 들으셨지요?"

계옥이 마자르의 말에 이어 김원봉을 설득했다.

"조선 남자들이 우 몰려다니며 커다란 짐 가방을 하나씩 들고 있다면 저라도 막아서서 불심검문 할 겁니다. 검문검색을 무사히 통과하려면 묘안이 필요합니다."

계옥은 마자르와 눈을 맞추며 고개를 끄덕였다. 옆에서 잠자코 구경하던 노을이 두 사람을 보며 생각했다.

'누님과 마자르 스승이 미리 다 손발을 맞춰 놨군.'

마자르는 옷장에 걸린 근사한 신사복을 꺼내 왔다. 짙은 남색 바탕에 은실로 세로무늬를 수놓은 고급 양복이었다.

김원봉이 양복을 보며 중얼거렸다.

"벌써 의상까지 준비해 놨군."

마자르가 계옥의 어깨에 손을 얹으며 말했다.

"계옥 단원과 제가 부부로 위장하겠습니다. 천진에서 도자기 수출입 사업을 하는 러시아 귀족 신분증과 사업 허가증도 구해 놨습니다."

아름다운 동양인 아내를 데리고 짐꾼 서너 명과 함께 도자기가 가득 든 트렁크를 옮긴다면 아무에게도 의심을 사지 않을 거라고 장담했다. 물론 그 서너 명 안에 노을이 포함되는 것은 말할 필요도 없었다.

김원봉이 턱을 쓰다듬으며 신음 소리를 냈다.

"생각할 시간을 주게."

김원봉은 이 말만 남기고 자리에서 일어났다. 그리고 다음 날 전보 한 장이 날아들었다.

자네들 의견을 수락하도록 하지. 준비를 철저히 해서 떠나도록 하게.

마자르와 계옥은 전보 종이를 들고 팔짝팔짝 뛰었다. 노을은 놀이동산에 소풍 가는 어린아이처럼 들떠서 재잘거리는 두 사람을 보며 고개를 설레설레 저었다.

'카이, 역사 불간섭 원칙이고 뭐고 도대체 이 사람들은 목숨을 건 작전에 투입된다는데 저렇게 좋아하니 정말 알다가도 모를 일

이야.'

카이는 노을이 속으로 하는 생각까지 읽지는 못했는지 아무런 대꾸가 없었다.

이틀 후, 위조 신분증과 사업 허가증까지 마련한 일행은 프랑스 조계지를 출발했다. 마자르는 고급 가죽 가방을, 현계옥은 동그란 여행가방, 노을은 등짐을 졌다. 운반 작전에 합류한 의열단원 두 명이 맡은 나무상자에까지 폭탄이 빼곡히 들어찼다. 폭탄은 옷이 며 서류, 찻잔, 짚더미 밑에 감추어져 있었다.

짐이 노을 어깨살을 파고들었다. 폭탄은 크기에 비해 무게가 상당했다. 화약과 각종 폭발 재료가 가득 든 쇳덩어리니 당연했다. 하지만 노을은 얼굴색 하나 변하지 않았다. 나머지 대원들 역시 마찬가지였다. 누구 하나 허튼소리 한마디 없이 묵묵히 짐을 메고 걸었다.

상해역에 도착한 일행은 경찰의 검문검색을 어렵지 않게 통과했다. 마자르가 내미는 신분증과 사업 허가증을 확인한 경찰은 거수경례를 붙이기까지 했다. 일행은 별 탈 없이 천진행 기차에 올랐다. 마자르와 계옥이 나란히 앉고 그 앞에 노을이 자리를 잡았다. 노을은 옆자리에 상자를 내려놓고 그 위에 왼팔을 얹었다. 제법 기차 여행이 능숙한 일꾼처럼 보였으나 속은 사시나무처럼 떨렸다.

기차는 상해를 출발해 남경과 청도를 거쳐 천진에 도착하는 노선이었다. 꼬박 24시간이 걸리는 긴 여정이었다. 검은 석탄 가루를 날리는 증기기관차는 대륙을 남에서 북으로 천천히 가로질렀다.

열차 안은 활기를 넘어 북새통이었다. 노을은 혼이 달아날 지경이었다. 사람과 가축이 뒤엉킨 객차 안에는 중국인들의 귀 따가운 만다린어로 시끌벅적했다. 아직 기차가 출발도 안 했는데 도시락을 까먹는 사람, 담배를 피우는 사람, 자리 가지고 말다툼하는 사람에다 우는 아이에게 젖을 물리는 아낙까지 엉켜 있었다. 그 틈 사이를 비집고 돌아다니는 간식 판매원까지, 객차 안은 뒤죽박죽이었다.

"차라리 이런 분위기가 우리에겐 도움이 되지."

건너편 옆자리에 앉은 단원 하나가 싱긋 웃었다.

다른 단원이 엄살을 떨었다.

"딱딱한 나무 의자 위에서 먹고 자고 하루를 견뎌야 한다니 벌써 좀이 쑤시는걸."

계옥이 목소리를 낮추었다.

"천진까지 무사히 가자면 긴장을 늦춰서는 안 돼요."

모두 고개를 끄덕였다.

기차가 출발하고 한나절이 흘렀다. 창밖으로 펼쳐진 논밭은 가도 가도 끝이 없었다. 노을은 오염되지 않은 지구를 만끽했다. 기차가 쉼 없이 달리는 사이 석양이 뉘엿뉘엿 저물었다. 쉴 새 없이 떠들던 중국인 승객들도 하나둘씩 나가떨어져 잠에 빠져들었다. 경계를 늦추지 않던 계옥과 마자르도 서로 어깨에 기대 졸았다. 옆

자리 단원 둘은 카드놀이에 한창이었다. 노을은 창턱에 팔꿈치를 기대고 앉아 하염없이 서쪽 지평선을 바라보았다.

'엄마 아빠가 내 이름을 노을이라고 지어 주신 것이 얼마나 감사한 일인지. 저 아름다운 붉은빛은 프록시마에 돌아가서도 절대 잊히지 않을 거야.'

석양이 지는 하늘은 그 어떤 예술로도 흉내 내지 못할 만큼 장엄했다. 시간이 더 흘렀다. 이제 객차 안은 더없이 조용해졌다. 깨어 있는 이들은 노을처럼 무념무상으로 창밖에 눈길을 던져 두었다. 노을 귀에는 이제 규칙적으로 덜컹거리는 바퀴 소리만 들릴 뿐이었다. 아련한 평화로움에 까무룩 잠이 드는 참이었다. 갑자기 큰 소리와 함께 객차 문이 열렸다. 검표원과 보안원이 들어서며 거친 고함을 질렀다.

"차표 확인하겠습니다! 차표요!"

그 소리에 객차 안이 술렁거렸다. 저마다 챙겨 둔 표를 꺼내느라 부산스러웠다. 화들짝 깨어난 계옥과 마자르의 얼굴에 긴장이 흘렀다. 검표원 뒤를 따르며 승객을 꼼꼼히 뜯어보는 보안원 때문이었다. 보안원은 검은색 제복에 한 손에는 나무로 만든 곤봉을 들고 있었다. 여차하면 한 대 내려칠 기색이었다. 검표원이 표를 확인하고 주인에게 돌려주면 보안원이 그 사람 얼굴을 한번 쓰윽 훑었다. 멀리서 봐도 소름이 끼칠 정도로 불쾌한 눈빛이었다.

"긴장할 거 없어요. 자, 이리로 붙어 앉아요."

마자르가 계옥에게 속삭였다. 굳어 있던 계옥 얼굴에 미소가 살짝 감돌았다. 정신을 다잡은 표정이었다. 그녀는 마자르 옆구리에 딱 붙어 앉아 팔짱까지 꼈다. 마자르가 검표원에게 기차표 다섯 장을 건네주었다.

"아내와 시종, 그리고 저쪽에 앉은 짐꾼까지 다 해서 다섯 명이오."

검표원은 기차표에 적힌 목적지와 시간만 확인한 후 마자르에게 돌려주었다. 하지만 바로 뒤따르던 보안원은 마자르 일행을 꼼꼼히 들여다보았다. 중국인 승객을 살피는 것에 비해 몇 배는 더 까다롭게 확인하는 모양새였다.

"어이! 안에 뭐가 들었지?"

보안원이 곤봉으로 노을 옆에 놓인 상자를 툭툭 치며 물었다. 노을은 심장이 튀어나올 것처럼 긴장했지만 억지웃음을 지으며 대답했다.

"나리, 보시다시피 찻잔입니다."

보안원은 노을이 열어 보이는 상자 안을 들여다보았다. 거기에는 50개도 넘는 도자기 잔이 짚 더미 사이사이에 박혀 있었다. 보안원이 곤봉으로 막 짚 더미를 헤치려고 하는데 마자르가 막고 나섰다.

"이거 보시오. 이 물건들은 황실에 납품하던 경덕진 자기요. 유럽으로 수출할 귀중품에 금이라도 가면 어쩌려고 함부로 다루시오!"

마자르는 보안원 따위는 털끝도 안 무섭다는 듯 거세게 항의했다. 그 말에 보안원이 곤봉을 슬쩍 거두어들였다. 대신 건너편 자리에 앉은 단원 쪽으로 몸을 틀었다. 단원은 무릎 위에 가죽 가방을 올려놓고 있었다.

"가방 열어 봐!"

보안원이 위압적으로 명령했다. 단원은 석고상처럼 꼼짝하지 않았다.

"내 말 안 들려? 가방 열라고!"

보안원이 곤봉으로 가방 고리를 툭툭 쳤다. 단원은 곁눈질로 계옥과 마자르에게 도움 요청 신호를 보냈다.

"가방 안에는 개인 물품밖에는…."

마자르가 나서자 보안원이 손을 번쩍 들어 막았다. 이 가방만은 꼭 안을 확인해야겠다는 단호한 의지 표명이었다.

"지금 열지 않으면 다음 역에 내려 검문을 할 것이오."

그 말에 마자르가 입을 꾹 다물었다. 가죽 가방을 든 단원은 사색이 돼 가방 고리를 꽉 움켜쥐었다. 보안원은 그의 태도에 더욱 의심이 드는지 가방으로 손을 뻗었다. 그때였다. 앞서가던 검표원이 큰소리를 냈다.

"열차를 제대로 확인하고 탔어야죠!"

그 소리에 모두의 시선이 열차 뒤편으로 쏠렸다. 검표원이 부부로 보이는 남녀에게 호통을 치고 있었다. 그들은 어리둥절한 표정으로 코앞에서 흔들리는 표를 쳐다보았다. 남녀는 단출하고 검소한 양장 차림이었다. 남자는 중절모를 쓰고 여자는 베일이 달린 동그란 모자를 머리에 얹었다.

"무슨 일이야?"

가방에서 손을 뗀 보안원이 검표원에게 다가가며 물었다.

"운남(雲南)으로 가는 표를 가지고 천진행 기차를 탔다는데요."

"뭐? 어느 나라 사람이야?"

보안원이 자리를 뜨자 계옥 일행은 남몰래 안도의 한숨을 내쉬었다. 보안원이 막 열어 보려던 가죽 가방에는 셔츠 몇 벌 바로 아래 소형 폭탄 열다섯 발이 숨겨져 있었다. 만약 가방이 열렸다면…, 그다음 일은 눈앞이 아찔했다. 단원은 얼른 가죽 가방을 나무 의자 아래로 집어넣었다. 보안원은 가죽 가방보다 기차를 잘못 탄 두 사람의 신원을 확인하느라 여념이 없었다.

계옥이 마자르의 팔짱을 풀며 숨을 내쉬었다.

"난 심장이 멎는 줄 알았어요."

"당신처럼 용감한 여장부가 설마요."

마자르가 농담처럼 대꾸하자 계옥이 피식, 긴장 풀리는 웃음을 웃었다.

노을은 보안원과 검표원을 상대로 말씨름하는 부부를 멀찍이 건너다보았다. 부부가 검표원에게 말했다.

"그럼 운남으로 가는 차로 갈아타려면 어느 역에서 내리면 되겠소?"

검표원이 제복 윗주머니에서 작은 수첩 하나를 꺼내 뒤적였다.

"다음 정차역이 남경이니까 내리시오."

"그럼 거기서 운남까지 가는 열차가 있단 말이오?"

점잖은 신사의 애가 타는 목소리였다. 하지만 검표원은 그런 승객의 기분 따위는 아랑곳없었다.

"갈아타든 새로 표를 끊든 거기서 알아서 하란 말이오. 벌금 안 물리는 것만 해도 감지덕지인 줄 알아야지."

보안원은 신사에게 신분증을 요구해서 샅샅이 살펴보았다. 노을은 속으로 '참 지독한 보안원이군' 하다 몸을 움찔했다. 방금 중절모를 벗고 이마에 땀을 훔치는 남자의 얼굴이 두 눈에 가득 들어왔기 때문이다.

'엇! 아빠?'

노을은 저도 모르게 벌떡 일어섰다. 넓고 반듯한 이마, 콧방울이 도톰한 주먹코에 얇지도 두껍지도 않은 입술까지 아빠인 정대양 선장이었다. 노을은 얼른 남자 곁에 선 여자를 쳐다보았다. 하지만 여자는 검은 베일이 달린 모자를 턱까지 쓰고 있어 얼굴이 제대로 보이지 않았다.

"노을 군, 왜 그래요?"

앞에 앉은 계옥이 노을의 손을 살며시 잡았다.

"어서 자리에 앉아!"

건너편에 앉았던 단원이 낮지만 다급한 말투로 명령했다. 노을은 엉겁결에 자리에 털썩 주저앉았다. 꿈을 꾸는 것 같았다. 부모님의 마지막 시그널이 20세기 지구 근처라던 마리우스 박사의 말이 기억났다. 하지만 설마 같은 객차 안에 부모님이 앉아 있다니 믿을 수 없었다.

다시 정신을 가다듬은 노을이 자리에서 일어섰다.

"어디 가려고 그래?"

아까 노을에게 앉으라고 쏘아붙인 단원이 다시 눈을 흘겼다. 노을은 저기 엄마 아빠가, 라고 대답하려다 입을 꾹 다물었다. 지금이 순간 이 사람들에게 무슨 말을 할 수 있단 말인가. 노을은 앉지도 서지도 못한 채 부부가 검표원을 따라 객실에서 나가는 걸 맥놓고 바라볼 수밖에 없었다.

속절없는 시간이 흘렀다. 칠흑 같은 밤이 차창에 가득 찼다. 노독에 시달린 승객들은 어깨를 기대고 정신없이 꿈나라에서 헤맸지만 노을은 한숨도 잘 수 없었다. 부부가 객실을 나가고 20여 분후 기차는 남경역에 도착했다. 노을은 정차한 객차 창밖으로 부부가 역무원을 따라 역사 안으로 들어가는 걸 바라볼 수밖에 없었다.

"설마, 아닐 거야. 카이도 잘 모르겠다고 말했으니까."

노을은 하얗게 빛나는 달을 보며 중얼거렸다. 남경역을 출발한지 한참 후, 일행이 모두 잠들기를 기다려 노을은 카이와 대화를 나눴다.

"본부에서 아직 분석 결과를 받지 못했습니다."

"네가 볼 땐 어땠어?"

"바이털 사인이 제 빅데이터에 저장된 두 분의 것과 백 퍼센트 일치하지는 않았어요."

"그럼 내가 잘못 본 거란 말이야?"

"아까 그분들 바이털 사인이 불안정했어요. 전파 방해 조끼라도 입은 것 같았습니다. 그래서 뭐라 단정해서 답을 드리기 어렵습니다."

노을은 지끈거리는 머리를 짚었다. 차라리 그 부부가 엄마 아빠가 아니었기를 바라는 마음이 일었다. 스스로에게 그렇게 보고 싶던 부모를 눈앞에서 허무하게 놓치는 일 따위는 벌이지 않았다고 변명하고 싶었다. 하지만 잊으려 하면 할수록 발간 노을에 젖어 들던 부부의 실루엣이 눈앞에 선명했다.

날이 밝았다. 객차 안은 다시금 시끌벅적해졌다. 승객들은 아침을 먹는다, 세수를 한다, 짐을 챙긴다, 법석을 떨었다. 계옥 일행만 깎아 놓은 목상처럼 꿈쩍하지 않았다. 다들 기차가 천진에 가까워지자 다시금 긴장도를 높이는 중이었다.

노을의 머릿속으로 카이의 목소리가 울렸다.

"다섯 시간 후면 타임 슬립 최대 체류 일수 삼십 일이 됩니다. 노을 도련님, 어떻게 하실 거예요?"

노을은 속셈을 하느라 마음이 바빠졌다.

'네 시간 후면 천진역에 도착한다. 역을 빠져나가 폭탄을 인수할 의열단 단원을 만나려면 한 시간 가지고는 안 될 텐데.'

마자르와 계옥 일행의 폭탄 운반 임무는 천진까지였다. 천진에서 안동현까지 운반하는 책임은 또 다른 의열단 단원인 김시현에게 맡겨졌다. 조선 신의주 국경과 이마를 맞대고 있는 안동현에서는 홍종우 단원이 배턴 터치를 기다린다고 했다.

'어떻게든 폭탄을 넘겨줄 때까지만이라도 남아 있자.'

노을이 결심을 굳히는데 계옥이 간식 수레에서 산 찐빵을 내밀었다.

"뭘 그리 심각하게 고민해요?"

노을이 따뜻한 찐빵을 받아들었다.

"배고파서 뭐 먹을까 궁리했어요."

노을은 계옥이 보란 듯이 빵을 크게 한입 베어 물었다.

"목 멜라. 차 마시면서 천천히 먹어요."

계옥이 김이 무럭무럭 나는 찻잔을 내밀었다. 노을은 따뜻한 찻잔을 받아 들며 찐빵을 꿀꺽 삼켰다.

"빼-액!"

기적 소리가 하늘을 찢을 듯 높이 울렸다.

하루를 꼬박 쉬지 않고 달린 기차가 드디어 천진역에 들어섰다. 계옥 일행은 짐을 들고 객차에서 내렸다. 역사는 상해역만큼이나 컸다. 승강장에 내려선 계옥과 마자르가 다정하게 팔짱을 꼈다. 짐을 든 세 사람이 그 뒤를 졸졸 따랐다.

개찰구에 검표원과 제복을 입은 남자가 버티고 서 있었다. 역마다 수화물을 점검하는 관헌이었다. 계옥이 마자르의 팔을 이끌며 속삭였다.

"저기만 통과하면 우리 임무는 성공이에요."

마자르는 계옥이 눈을 반짝이며 자신을 올려다보자 힘차게 발을 내디뎠다. 그리고 자연스럽게 양복 안주머니에서 기차표와 신분증, 사업 허가증을 차례로 꺼내 들었다. 개찰구 입구에 다다른 마자르는 종이들을 내밀었다. 검표원은 기차표를, 관헌은 신분증과 사업 허가증을 쓱 훑더니 돌려주었다. 둘은 계옥을 한번 의미심장하게 쏘아보았으나 계옥이 그들과 태연하게 눈을 맞추며 미소를 띠자 손짓을 했다.

"통과!"

계옥 얼굴에 안도의 빛이 스쳤다.

노을과 단원들이 계옥 뒤로 줄줄이 따라가려는데,

"잠깐!"

관헌이 노을 앞에 팔을 내밀어 막았다.

"무슨 일이죠?"

"등에 진 짐에 무엇이 들었는지 검사해야겠소. 사무실로 가서 짐과 가방을 모두 풀어 보시오."

노을이 당황해 계옥을 쳐다봤다. 마자르가 관헌 앞을 막아섰다.

"갑자기 왜 그러시오?"

"신사 분 내외의 신원은 확인됐으나 트렁크의 내용물은 점검해야겠습니다."

마자르가 버럭 화를 냈다.

"상해역에서 무사통과된 짐을 여기서 뒤지겠단 뜻이오?"

계옥이 자신의 가방을 검색대 위에 던지듯 올려놓았다.

"우리 짐은 전부 수출용 도자기예요. 보시겠다면 말리진 않겠지만 내 여행가방은 생략해 주세요. 여성용품으로 가득한데 뭇 사내들 앞에 펼쳐 놓기는 그러네요."

계옥이 샐쭉하며 신경질을 부리자 마자르는 노여움에 찬 손가락질을 했다.

"내 아내의 개인물품이 든 가방이 열리는 순간 당장 천진에 있는 러시아 대사관으로 가겠소. 천진 시청에 정식 항의하는 문서를 작성해야 할 테니."

마자르가 계옥의 어깨에 팔을 두르며 으름장을 놓았다. 개찰구를 통과하는 승객들에게 거들먹거리며 턱짓을 하던 관헌이었다. 그러나 중국에 체류하는 서양인은 대부분 치외법권을 적용받고 있다는 걸 누구보다 잘 아는 사람 또한 관헌이었다. 그의 얼굴에 난처함이 차올랐다.

"부인 가방을 뒤지겠다는 게 아니라…."

마자르가 말허리를 잘랐다.

"됐소. 내 일행이 지닌 짐을 뒤지는 짓도 똑같은 거요."

마자르는 노을과 두 대원을 개찰구 밖으로 이끌었다. 관헌은 어쩔 줄 모르며 이 모습을 지켜볼 뿐이었다. 세 사람이 개찰구를 나가자 계옥이 다시 마자르의 팔짱을 꼈다. 두 사람은 짐꾼들을 데리고 유유히 역을 빠져나왔다.

다음을 기약하는 마음

역 앞에는 광장이 펼쳐져 있었다. 계옥 일행은 푸른 하늘이 펼쳐진 광장 한복판에 서서 길게 숨을 내쉬었다. 이제 김시현 단원이 기다리는 백화점까지만 가면 된다. 거기서 폭탄을 인계하고 상해로 돌아가면 임무 완수다.

"조금만 더 힘냅시다."

계옥이 일행을 다독이며 앞장섰다. 마자르와 단원들은 어미 오리를 따르는 새끼 오리들처럼 한 줄로 늘어서 그 뒤를 따랐다. 노을만이 제자리에 서서 꼼짝하지 않았다. 노을은 선 자리에서 빙 돌며 광장을 둘러보았다. 그 바람에 단원 두 사람도 이리저리 두리번거리며 발걸음이 느려졌다.

계옥이 돌아보며 다시 재촉했다.

"어서 서두릅시다. 김시현 동지랑 만나기로 한 시각이 다 됐어요."

계옥이 끝까지 긴장의 끈을 놓지 말자며 모두를 격려했다. 노을은 정신을 딴 데 판 것처럼 멍하니 역사 쪽을 바라보고 있다가 움찔했다.

"노을 군, 조금만 더 힘냅시다."

마자르가 노을에게 미소를 건넸다. 그는 노을이 개찰구에서 겪은 위기에서 아직 깨어나지 못한 것으로 짐작했다.

"예, 전 걱정 없습니다."

노을이 씩씩하게 대답하며 발걸음을 옮겼다. 그때 귓가에서 경고음이 울렸다.

"이제 한 시간 남았습니다. 타임 슬립 할 장소를 찾으세요."

카이의 목소리가 다급해졌다. 노을의 발걸음이 다시 머뭇머뭇 느려졌다. 그 모습을 돌아보던 계옥이 노을에게 다가왔다.

"왜 그래요? 어디 불편해요?"

계옥은 노을의 얼굴에서 긴장과 초조를 읽고 염려하는 표정이 됐다.

"예, 저 잠깐만!"

노을이 등짐을 벗어 다른 단원에게 맡겼다.

"먼저들 가세요. 전 화장실에 들렀다 백화점에 바로 가겠습니다."

단원이 뭐라고 대답할 새도 없이 노을이 역 쪽으로 뛰기 시작했다.

"어? 어디 가요!"

계옥이 멀어지는 노을을 향해 손을 흔들었지만 소용없었다.

"우선 빨리 접선 장소로 갑시다. 노을 군은 알아서 찾아오겠지요."

마자르와 두 단원이 계옥을 데리고 황급히 자리를 떴다. 어쨌거나 사람들의 이목을 끄는 건 좋을 게 없다는 판단 때문이었다.

노을은 역 대기실로 뛰어 들어와 멈추어 섰다. 팔로 무릎을 짚고 헉헉거리던 노을이 허리를 펴고 차갑게 말했다.

"누나, 다 봤어. 나와."

노을이 앞에 서 있는 커다란 대리석 기둥을 노려보았다. 돌기둥은 당연히 아무 대답이 없었다.

"시간 없어. 빨리 나와."

노을이 목소리를 높였다. 그제야 기둥 사이에서 마린이 몸을 드러냈다.

"언제 봤니?"

"아까 느낌이 이상해서 구경하는 척 뒤돌아봤거든."

대기실 문가에 서서 멀어지는 동생을 보던 마린이었다.

"카이가 가르쳐 준 건 아니고?"

카이가 얼른 대답했다.

"비밀로 하라고 하셔서 아무 말 안 했습니다."

노을이 물었다.

"누나, 왜 왔어?"

"너 데리러 왔지."

"내가 어린앤가? 알아서 갈 텐데."

노을의 대답에 마린이 고개를 저었다.

"아니, 너 안 오려고 했잖아."

"내가 왜 안 가?"

"엄마 아빠 찾을 때까지 여기 이십 세기 중국에서 헤매 다닐 작정이었으니까."

노을 눈가가 살짝 떨렸다.

"카이만 내 속을 훤히 꿰뚫는 줄 알았더니 여기 또 한 분 계시네."

"까불지 말고 누나 말 들어."

"어린애 취급하지 마."

마린은 동생이 싸한 표정으로 시선을 돌리자 목소리를 눅였다.

"노을아, 일단 돌아가자. 가서 좀 더 알아보고 오자."

노을이 고개를 저었다.

"누난 몰라. 눈앞에서 엄마 아빠를 놓친 기분이 어떤 건지…."

"아직 분석 결과가 나오지 않았으니 그분들이 우리 부모님인지 확신은 못 해."

"아니. 난 믿어. 차라리 처음 본 순간에는 긴가민가했지만, 시간이 지나면 지날수록, 곱씹으면 곱씹을수록 엄마 아빠였다는 게 선명해졌어."

"그건 네 아쉬움이 만들어 낸 기억의 오류야."

"함부로 말하지 마!"

노을이 버럭 댔으나 마린도 물러서지 않았다.

"그래서 이대로 남경이든 북경이든 기차 타고 가려고?"

노을이 대답 대신 두 주먹을 꽉 쥔 채 꼼짝하지 않았다. 마린의 숨이 거칠어지더니 곧 찰싹, 하는 손찌검 소리가 났다.

"이 바보야! 체류 기간 넘겨서 돌아오지 않으면 네 기억은 엉망이 돼. 너 그러다 엄마 아빠를 찾아도 못 알아볼 수도 있단 말이야."

노을은 깜짝 놀라 입을 벌렸다. 누나에게 맞은 자리가 아파서가 아니었다. 난생처음 누군가에게 맞아 본 놀라움 때문이었다. 지금껏 노을은 누구에게 맞아 본 적도, 누가 누굴 때리는 걸 본 적도, 누굴 때려 본 적도 없었다. 그래서일까? 노을은 오히려 흥분이 가라앉고 화가 식는 느낌이었다.

"뺨 맞아 보기는 난생처음이네."

노을이 피식 코웃음을 웃으며 누나를 쳐다봤다. 마린의 눈이 발개졌다.

"네가 그랬지. 누나마저 잃을 순 없다고. 나도 마찬가지야. 너마저 잃을 순 없어."

마린이 쥐어짜듯 토해 냈다. 마린의 어깨가 바르르 떨렸다. 지금까지 억누르고 감추고 속였던 두려움을 꺼내는 모습이었다. 노을은 얻어맞아 붉어지는 뺨은 아랑곳없이 누나 볼에 흐르는 눈물만 안타까웠다. 대기실은 오가는 사람들로 북적이고 소란스러웠다. 그 분주함 속에 오직 남매만이 다른 차원에 있는 것처럼 고요했다. 제 일에만 호들갑스러운 중국인들은 마린과 노을이 빚어내는 무거운 장면 따위는 관심조차 없었다. 때문에 남매가 서로를 보며 눈시울을 붉히는 대리석 기둥 옆자리는 널따란 대기실 안에서 홀로 뜬 섬처럼 보였다.

잠시 궁리를 하던 노을이 결심한 듯 입을 뗐다.

"알았어. 계옥 누님께 작별인사만 하고 올 테니까 여기서 잠깐 기다려."

"빨리 와야 해. 시간 없어."

마린이 부리나케 대기실을 뛰어나가는 동생을 향해 소리쳤다. 노을은 대답할 새도 없이 뛰기 시작했다.

폭탄을 인수하기로 한 장소는 천진에서 가장 큰 백화점이었다. 노을은 카이의 내비게이션 덕분에 지름길로 해서 금방 다다를 수 있었다. 노을이 헐떡거리며 백화점 입구에 다다르자 마침 문 앞에 서 있던 계옥이 손을 흔들었다.

"어디 갔었어요? 걱정했잖아."

노을을 마중 나온 게 틀림없었다. 계옥은 어서 들어가자며 노을의 팔을 잡았다.

"물건은요?"

"걱정 마요. 지금 양장점에서 접선하고 있으니까."

마자르가 돈 많은 손님인 척 종업원들의 혼을 빼는 사이 단원들이 탈의실에 번갈아 들어가 짐을 놓고 나온다고 했다. 그리고 곧바로 김시현과 그 일행이 들어가 짐을 가지고 백화점을 빠져나가기로 작전이 꾸며졌다.

"한꺼번에 양장점으로 우 몰려 들어가면 이목을 끄니까 마자르 외에는 한 사람씩 들어갔다 나오기로 했어요."

계옥이 백화점 정문 유리창 너머로 힐끗 눈짓했다. 그 안에는 등짐을 진 단원 하나가 위층으로 이어지는 계단을 노려보며 서 있었다. 먼저 올라간 단원이 짐을 넣어 놓고 내려오기를 기다리는 눈치였다.

"오늘 마침 백화점에서 봄맞이 행사 중이라 손님이 많아요. 우리한테는 다행이지 뭐예요."

계옥은 한껏 상기된 표정으로 입술을 잘근잘근 깨물었다. 그렇게 바라던 작전 성공이 눈앞으로 다가오자 흥분되는 모양이었다. 노을은 그런 계옥을 물끄러미 바라보았다. 한 달 가까이 한집에 살면서 지켜봐 왔던 그녀였다. 의열단 단원으로 조선의 독립을 위해 목숨까지 내건 그 당찬 의기에는 존경심이 일었다. 그 누군들 남의 나라의 노예로 살고 싶은 사람이 있을까? 하지만 말을 행동으로 옮기는 일은 다른 차원의 용기다. 계옥은 입으로만 떠드는 운동가가 아니었다. 행동과 실천으로 자신의 마음을 증명하는 투사였다.

노을은 계옥과 함께 지내며 어떤 사람이 진짜고 어떤 사람이 가짜인지 구분할 수 있는 안목을 키울 수 있었다. 하지만 지금 계옥의 모습은 또 살짝 달랐다. 계옥은 이 아슬아슬한 위기감을 즐기고 있는 듯 보였다. 발갛게 상기된 두 뺨과 샛별처럼 빛나는 눈동자가 계옥의 흥분을 증명했다.

'아, 이 사람은 자기의 삶을 사는 이로구나.'

노을은 호주머니 속에 든 사진을 떠올렸다. 말고삐를 쥔 채 당당히 서서 카메라를 노려보던 여인이 눈앞에 나타났다. 계옥은 자신의 신분이 노출되는 걸 거리끼지 않았다. 신문기자 앞에서 담담히 독립운동 단체에 가입하게 된 이야기를 털어놓았다. 노을은 그 기백이 지금 여기 현계옥을 만든 힘이라는 생각이 들었다. 이런 사람을 그저 승마 놀음에 잘난 체하는 기생, 혹은 독립운동에 뛰어든 애인을 쫓아다니는 순애보로만 보려는 세상의 시선이 한심했다. 노을은 다시 한 번 다짐했다. 프록시마로 돌아가면 현계옥에 대한 기록을 그 어떤 편견과 오해, 착각에 오염되지 않게 하리라고 말이다.

"누님 말씀 들으니 한시름 놓이네요."

노을이 빙그레 웃으며 대답했다. 그때 2층에서 단원이 빈 몸으로 내려왔다. 1층 정문 근처에서 기다리던 단원이 배턴 터치하듯 2층으로 올라갔다. 그 모습을 주도면밀하게 지켜보던 계옥이 노을에게 백화점 꼭대기 층에 있는 레스토랑으로 가자고 했다.

"배고프지요. 우선 먼저 가서 요기해요. 밥 먹고 곧바로 상해행 기차를 탑시다."

임무를 마치면 마자르와 다른 대원들을 데리고 뒤쫓아 올라가겠다고 했다. 계옥이 앞장서는데 노을이 그녀의 팔을 잡아 세웠다.

"저 여기서 그만 가 보겠습니다."

계옥이 깜짝 놀랐다.

"갑자기 무슨 말이에요?"

노을이 무겁게 대답했다.

"제가 누님을 도와드릴 수 있는 시간이 다 됐어요."

계옥이 생뚱맞은 표정으로 눈을 깜빡거렸다.

"시간이 다 됐다니?"

계옥은 작전 성공을 코앞에 두고 왜 그러느냐며 노을의 옷소매를 잡았다.

노을이 씁쓸한 미소와 함께 고개를 끄덕였다.

"나중에 다시 찾아뵐게요."

"나중에?"

계옥은 고개를 갸웃하며 노을을 뚫어져라 쳐다봤다. 노을은 애타는 눈으로 계옥을 마주 바라봤다. 아주 잠깐의 순간, 노을과 계옥은 뜻이 통하는 사이처럼 고개를 끄덕였다. 계옥이 잡았던 손을 살며시 놓으며 물었다.

"가야 한다면 어쩔 수 없지만 하나만 얘기해 줘요."

"예, 무엇이든지요."

"노을 군, 나를 기록하러 왔다고 했죠?"

"예."

"그렇다면 이제부터 내가 하는 말 잘 들어 주세요."

계옥의 목소리가 전에 없이 진지해졌다. 노을은 마른침을 꿀꺽 삼키며 머리를 끄덕였다.

"난 내가 알려지길 바라지 않았어요. 우선 의열단 단원은 어디까지나 비밀 행동이 원칙이니까. 거기다 여자의 몸으로 활동할 때는 무엇보다 앞에 나서지 않는 미덕이 제일이라고 여겼어요. 하물며 기생 노릇 하던 사람이니 더 말해 무엇하겠어요. 하지만 노을 군과 이야기를 나누며 생각이 바뀌었어요."

여기까지 말하고 숨을 돌리던 계옥이 지그시 웃었다. 그녀는 천진의 푸른 하늘을 올려다보며 꿈꾸는 듯 말했다.

"난 알려져야겠어요. 여자도 기생도 독립을 위해 몸 바쳐 싸운다는 걸 세상에 알려야겠어요. 그래야 나처럼 비천한 사람도 높은 사람들과 다르지 않다는 걸 깨달을 테니까 말이죠. 노을 군! 내가 한 모든 일을 하나도 빼놓지 말고 기록해 주세요. 그리고 먼 훗날 혹시라도 조선의 기생 이야기가 나오거든 나 같은 기생도 하나쯤 있었노라고 말해 주세요. 아니 미처 알려지지 않은 기생 독립군도 헤아릴 수 없이 많았다고 전해 주세요. 이들 모두 공명심에 떨치고 나선 것도 아니고 모험을 즐기려고 총을 든 게 아니에요. 그저 사람으로 태어나 내 할 몫을 다하고 가려고 결심을 한 것뿐이죠. 내 진심은 이게 전부예요."

계옥이 손을 내밀었다. 노을은 말없이 계옥과 악수를 나누었다.

"잘 가요."

계옥은 인사를 마치자 뒤도 돌아보지 않고 백화점 인파 속으로 사라져 버렸다. 노을은 한동안 그 자리에 붙박인 듯 서 있었다. 노을은 저도 모르게 바지 주머니에 손을 넣었다. 언젠가 계옥이 건네준 향낭이 잡혔다. 노을은 치밀어 오르는 아쉬움을 비단 주머니로 달랬다.

"십 분도 채 안 남았습니다. 서두르세요."

카이의 재촉에 노을이 정신을 차렸다. 노을은 천진역을 향해 다시 뛰기 시작했다. 인력거를 끈 경험 덕분일까? 노을의 달음박질은 몰라보게 빨라져 있었다.

작가의 말

    연일 뉴스에 나오는 미얀마 민주화투쟁 상황을 보고 있자면 떠오르는 이들이 있다. 혹시 1980년 광주 민주화운동을 이끈 광주 시민들 아니겠냐고? 왜 아니겠냐만, 난 그보다 먼저 일제강점기에 활약한 독립투쟁가들이 떠오른다.

    작가의 말을 준비하던 중 미얀마 시위대를 이끌던 젊은이 웨이모 나잉('리틀 판다'라는 별칭으로 불림. 미얀마 중부 지역인 몽유와 시를 중심으로 활약)이 군부에 체포됐다는 소식을 접했다. 그리고 며칠 후, 웨이모 나잉의 구금 사진이 공개됐다. 멍투성이가 돼 두 손이 뒤로 묶인 그는 카메라를 무표정하게 쏘아보고 있었다. 군부가 시위 세력의 기를 꺾으려고 고문당한 모습을 찍고 있다는 사실을 분명하게 인식하는 눈빛이었다. 그는 오토바이 시위에 앞장서고, 냄비와 프라이팬을 두드리는 초기 시위 형식을 처음 제안한 인물이라고 알려져 있다.

그가 확성기를 들고 군중 앞에서 거침없이 연설하는 모습을 보며 '저러다 곧 붙잡혀서 목숨이 위태로워질 텐데 겁도 없네' 하는 한심한 생각만 되풀이하던 차에 체포 소식을 들었다. 그런데 그가 제일 멋진 모습으로 다가온 건 시위를 진두지휘하는 모습이 아니라 체포된 후 두려움 하나 없이 카메라를 응시하던 모습을 담은 사진을 볼 때였다. 그는 지금의 이 상태를 충분히 예견하고도 시위에서 앞장을 선 것이다.

일제강점기 독립투쟁가들의 일대기는 세월이 흘러도 그 빛이 바래지 않는다. 나는 그 이유를 거창한 애국심 담론이나 정의감, 희생정신 등으로 이해했다. 하지만 '몽유와의 리틀 판다'를 보며 다시 생각했다. 모든 억압에 항거하고 자유와 평등, 평화를 외치는 분들이 빛나는 이유는 그들의 진심 어린 행동이 '감동'을 자아내기 때문이다. 진실과 진심에서 기인한 '감동'은 시간의 흐름을 간단히 극복한다.

'헬조선 원정대' 시리즈는 총 3권으로 기획돼 출간 중이다. 그중 두 번째 권에 해당하는 〈의열단 여전사 기생 현계옥의 내력〉은 사상 기생이자 의열단의 유일한 여성 단원인 현계옥이 주인공으로 등장한다. 일제강점기, 기생이란 신분은 세 가지의 중첩된 굴레 속에 놓여 있었다. 여성, 식민지 백성, 천민. 어느 한 가지 녹록한 이름표가 없었다. 그 삼중고를 짊어지고도 독립운동사에 당당히 이름을 올린 기생들에 대해서 우리는 얼마나 알고 있을까? 독립투쟁

오른쪽이 현계옥, 가운데가 정칠성
《매일신보》 1918년 3월 5일

《동아일보》 1925년 11월 6일

에 헌신한 기생의 이름은 불과 몇 년 전까지 알려진 적이 거의 없었다. 연구가 활발히 이루어지지 않았다는 뜻이다. 여성 독립운동사는 계몽 교육을 중심으로 한 엘리트 계층에 집중되는 편이었다. 최근에 이르러서야 노동자 계층이나 기생과 같은 소외된 계층에서도 나라의 독립을 위해 헌신한 분들이 발굴되기 시작하고 있다. 이와 같은 작업이 앞으로도 꾸준히 이어져야 한다고 생각한다. 이 책은 그런 연구 결과들을 토대로 쓴 이야기임을 밝힌다. 미얀마에 진정한 봄이 오기를 바라마지 않는다.

5월의 광주와 5월의 미얀마를 생각하며
김소연